保健室で、モテすぎ問題児くんに甘い噛みあとを付けられました。

雨

STARTS
スターツ出版株式会社

イラスト／榎木りか

隣のクラスの芦原くん。
制服の着こなしはゆるゆるだし、
金色の髪も当然校則違反だから、
『高嶺の問題児』なんて呼ばれている。
優柔不断で、真面目なわたしとは正反対。
だからこれからも、
関わることはないって思ってたのに——。

「ひろのこと見てると汚したくなる」
どうやらわたし、気に入られちゃったみたいです？

芦原玲於　×　二瀬ひろ

芦原くんの考えてること、これっぽっちもわかんない。
だけどひとつだけわかるのは、
わたしにキスする時——。
「ひろのこと見てると——悪いことしたくなるんだって」
芦原くんは、首筋に噛みつくクセがある。

「そこ、ぜったい俺以外のあとつけちゃだめね」
この男、噛みつき注意。

芦原 玲於（あしはら れお）

“高嶺の問題児” と呼ばれる、学校一のモテ男子。チャラいという噂があるけれど、本当は好きな子に一途。ひろに対して噛み癖あり!?

二瀬 ひろ（にのせ ひろ）

真面目でピュアな高２女子。頼まれたことを断れない性格。ひょんなことから玲於に気に入られてしまい、甘々に迫られて…？

七海(ななみ) 理久(りく)

ひろのクラスメイト。一見爽(さわ)やかな優等生だけど、ひろには口が悪く何かと絡みがち。

吉良(きら) 茜(あかね)

玲於の友達のチャラモテ男子。軽そうに見えるけれど、友達思いの一面もある。

永野(ながの) 千花(ちか)

ひろの親友でクラスメイト。ひろの恋を応援していて、いつでも全力で味方してくれる。

☆ contents

Section. 4

本書限定　番外編

Section. 1

高嶺の問題児

とある日の放課後。

空を見上げると、灰色の雲が一面空を覆っていた。控えめに音を立てて雨が降っている。

……うげぇえ、最悪だ。今朝はまだ霧雨だったのに。

最近はだいぶ気温も下がってきたし、今日だって、ブレザーだけじゃちょっと肌寒い。

大きい傘を持ってくればよかったなぁ……なんて考えながらカバンから折りたたみ傘を取り出して広げ、いざ帰路につこうと昇降口を出た時のこと。

「なぁ。その傘、俺も入れて」

突然かけられた声。

ぱっと振り向けば、そこには隣のクラスの芦原くんが立っていて、わたしは「えっ……？」と声を漏らした。

「入れて、傘。濡れて帰んのイヤだから」

「え……っと？」

「きょろきょろすんなよ。おまえしかいねーだろ」

怒られた。ビクッと肩を揺らして萎縮する。

あたりを見渡すけれど、今ここにはわたしと芦原くん以外に誰もいない。

芦原くんが話しかけているのは、たしかにわたし……ということになる。

……えええ、どういうこと？

突如現れ、わたしの傘をご所望のこのイケメンは——隣のクラス、２年Ｄ組の芦原玲於くん。

金髪、制服着崩し、寝坊遅刻魔というソコウフリョウの有名人。

おまけに、毎日違う女の子とイカガワシイことをしてるって噂まである。

ただ……本当かどうかは、わたしはわからない。

芦原くんとは１年生の時に同じクラスだったけど、雰囲気がちょっとだけ——いや、かなり怖くて、わたしはまともに話したことがなかった。

すらりと長い手足に、180センチ近い高身長。153センチのわたしが芦原くんと長時間話すことになったら、首が痛みそうだ。

耳たぶには、シルバーのピアスがふたつ。

白にも近い金色の髪の隙間からは、色素がちょっと薄い三白眼が覗いている。

三白眼は、芦原くんのチャームポイントだと思う。

とにかく、どこからどう見てもイケメン。

だけど、どうも近寄りがたくて、攻略するには時間がかかりそう。

そんな意味を込めて、女子生徒の間では『高嶺の問題児』なんて呼び名がついている——ちょっと危険そうな男の子。

ワイシャツの袖は３回ほど捲っていて、袖口から覗く腕には血管が浮き出ていた。

首元にネクタイはなくて、第2ボタンまで開いちゃってる。

ていうか、芦原くんの鎖骨のライン、めちゃくちゃきれいだなぁ──。

「どこ見てんのおまえ」

「へっ!?　鎖骨が……っいや違くて！」

「やだ、えっちー」

「不可抗力です！」

ひどいよ、芦原くん。見えちゃったんだもん、しょうがないじゃんか。

だいたい芦原くんがワイシャツのボタンをいくつも開けてるから──って、いやいや。

重要なのは、そこじゃない。

もっとも聞くべき事項は、ほかにある。それもたくさん。鎖骨に見とれてうっかりしていた。

「えっとあの、人違いじゃないんですか……？」

あの芦原くんが、『高嶺の問題児』の芦原くんが、こんな平凡で目立った特徴のないわたしに話しかけてくるわけがない。

彼のことを知らない人なんて、たぶんわたしの通うこの高校にはいないと思う。

そんな目立ちすぎる芦原くんに対して、わたし──二瀬ひろといえば……。

平凡で平穏な毎日を送る、ただの女子高生。

普段は黒髪のロングヘアをストレートアイロンで整えて

いるけれど、今日は雨が降っていたから、湿気でぼさぼさになっちゃうのイヤだなぁって、ツインテールにした。

もしかしたら、芦原くんのまわりにいる別のツインテールさんと間違えたのかも。

そう思って聞いてみるも、

「間違えてないけど」

即答されてしまった。

嘘でしょ、どんなドッキリですかこれ。

「つーか、しつこい。おまえに話しかけたんだって」

「えぇえ……？　な、なんでわたし……」

「見覚えのあるやつがちょうどいたから。１年の時に同じクラスだったし」

「なるほど……？　あ、芦原くんの傘は……」

「折れた」

「折れた……？」

偶然、芦原くんが帰るタイミングで顔見知りのやつがいた。だから、わたしに声をかけた。そして、自分の傘は折れた。

どういうこっちゃ、全然意味がわからない。

折りたたみ傘を開いた状態のまま、わたしは芦原くんを見つめ目を瞬かせる。

今日、わたしはというと。

日直で書き終えた日誌を職員室に持っていったら、その後の流れで先生から雑用を頼まれてしまい、すっかり帰りが遅くなっていた。

いつもより１時間以上も遅い下校。

友達の千花ちゃんはバイトがあるからと先に帰っていたので、わたしはひとりで帰る予定だった。

——そうしたら、芦原くんに声をかけられたというわけだ。

……だけど、わたしは知っているんだ。

彼が声をかけてきたのは、１年の時に同じクラスだったから、なんていう理由じゃないってことを。

「か、会長……とか、は」

「ああ、さっきのあれ？」

『会長』や『さっきのあれ』は、今から40分くらい前、書き終えた日誌を職員室に持っていく——途中での話。

雨のせいか校内の雰囲気もどんよりしていて、余計にそう感じただけかもしれないけど、その時間、廊下を歩いている生徒の姿は見えず、あたりはとても静かだった。

職員室に向かう通路は、生徒会室の前を通るのが必須なんだけど……いつもはきちんと閉まっている扉が、ちょっとだけ開いているのが気になった。

生徒会室は基本、生徒会メンバーと先生以外は立ち入り禁止で、近づきがたい雰囲気がある。

扉のガラスは普通の教室とは違ってボカシがかかっているから、中を覗くこともちろんできなくて。

中に人がいようがいまいが扉にはつねに鍵がかかっていて、生徒会メンバーが中に入るためにノックをしているところを見かけることもしばしば。
　だから、だと思う。
　ちょっとだけ覗いてみたいという好奇心に身を任せて、開いた扉の隙間からそーっと中を覗いてしまったのだ。
『玲於がちゃんとしないと私の仕事が増えるんだから、しっかりしてよね』
『はいはい、悪かったって』
『反省してないでしょ、もー……』
　覗いた先でわたしが見たのは、生徒会のメンバーでもないのに、生徒会長の頭を優しく撫でる芦原くんの姿。
　どうして芦原くんがここにいるの？と思ったものの、私の視線は“あるもの”に釘づけになった。
　会長が頬を赤らめ、少し照れくさそうにしているように見えたのだ。
　クールビューティーで有名な会長は、秀才でリーダーシップがあって、全校集会とかで見かけるたびに眩しすぎて目が潰れそうになるくらいの美人。
　真面目で清楚な人だとばかり思っていたから、芦原くんに触れられて恋する女の子……みたいになっているのが意外だった。
『玲於、今日は？』
『んー……今日どうしよっかなぁ』
　……今日は。
　何、するんだろう。
　『玲於』なんて下の名前で呼ぶくらいの仲ってことは、

ふたりは付き合ってるのかな。

でも、芦原くんってトクベツな女の子を作らずに遊んでるって噂もよく聞くし、会長もそのうちのひとり……ってこともありえる。

何はともあれ、これ以上ここにいたら覗いているのがバレちゃうかもしれない。

芦原くんと会長の関係なんか、わたしには関係ないことだもん。

何も見なかったことにして、早く日誌を出して帰ろう。

――と、心に決めて扉から離(はな)れようとした時。

『……あれー？』

視界の先、会長の背中越(ご)しに、芦原くんとばっちり目が合ってしまった。

え、え、なんで気づかれたの。

呼吸なんてほぼ止めていたようなものだし、扉だってもともと開いていたから、物音なんて立てていないのに。

第六感で気配(けはい)を察知された、とか……!?

慌(あわ)てて目を逸(そ)らし、扉の陰(かげ)に体を隠(かく)す。

『ん？　玲於、どうし……えー、扉開いてんじゃん。どうりで寒いと思った』

……ほっ。よかった、気づかれてないみたい。

――なんて、会長の言葉に胸を撫でおろしたのも束(つか)の間(ま)。

『俺、閉めてくるわ』

『ありがとー』

そんな会話を聞いているうちに、あっという間に足音が近づいてきて――。
『へえ。覗きとか、いい趣味してんね？』
会長には聞こえない、わたしだけに届けるくらいの声量でそう言われたのだった。
おそるおそる顔を上げ、声がしたほうを見上げる。
ふ、と芦原くんの口角が上がったのがわかった。
かあ……っと頬が紅潮していく。
わたしがここから見ていること、バレバレだったみたいだ。
『玲於？　誰かと喋ってんの？』
会長の声にハッとして、気づかれる前にわたしはその場から逃げるように走り出した。
なんで笑ったの、芦原くんは。
どくどくと心臓が脈を打っている。
笑った時に微かに見えた尖った歯が、やけに印象的で、頭から離れなくて。
その後わたしは、いちばん近くにあった女子トイレに駆け込んで心臓の音がおさまるまで息を潜めた。
『や。かわいーウサギがいたなと思って』
『ウサギ？　なんの話ー』
『いや。それより話戻るけど、今日はいいわ。最近ここのソファ寝心地悪いし』
『勝手にベッド代わりにしといてよく言う』
『保健室、最近行きすぎて、せめて週１にしなさいって言われたんだもん』

『あはは、さすがにバカすぎる』

──なんて、芦原くんと会長がそんな会話をしていたことなんて、わたしは知る由もないけど、この“覗き事件”もあって、芦原くんはわたしに話しかけてきたのだ。

そして、話は昇降口での芦原くんとのやりとりに戻る。

「純粋そうな顔してんのに。人は見かけによらないってホントなんだな」

「違います！」

「さっきもこっそり覗いてたじゃん」

「あ、あれは、ただの事故というか偶然というか！」

「必死に否定すると、逆に肯定みたいになるよ」

「だから違うってば！」

「はいはい、そーだね」

完全にからかわれてる……！

わたしは芦原くんと違って、異性とあんなに近い距離で関わったことないし……そもそも、扉に隙間が空いていたのがよくないのに！

……苦手だ。

さすが、『高嶺の問題児』の芦原玲於くん。

恋愛経験値は高めと見た。

でも、デリカシーは、たぶんあんまりない。

「あの……ていうか、会長さんと仲良しなら一緒に帰ればいいのでは……？」

「会長は忙しいみたいなんだよね。いつも何かしら仕事に追われてる感じ」

「な、なるほど……？」

なるほどって、何がなるほどだ。

会長以外にも、芦原くんは女の子の知り合いがたくさんいるじゃないか。

わたしじゃなくたって、芦原くんと相合傘(あいあいがさ)してくれる人はきっといる。

断らなきゃ。こんな自由人、相手にしてられないもん。

それに、芦原くんと一緒にいるところをもし誰かに見られたら、女の子たちに何を言われるかわからない。

こういうのは距離感(きょりかん)が大事。

芦原くんは、ぜったいぜったい関わるべき人種じゃない。

わかってる、わかっていますよちゃんと、ね。

「あの、わたし……」

「……え、なんか雨強くなってね？」

芦原くんの言葉に、「え」と声をこぼす。

外の景色に視線を向けると、ぽつぽつと降っていたはずの雨はいつの間にか強くなっていて、ザーザーと激しい音を立てていた。

ひどい、なんてタイミング。

この雨じゃ、傘がない芦原くんを放って帰るのはちょっと気が引けるじゃないか。

仮に置いて帰ったとして風邪(かぜ)なんかひかれたら、ここぞとばかりにわたしのせいにされそうだし……。

「俺と帰んのイヤ？」

「え……っと……」

首をかしげて尋ねてくる芦原くんだけど、三白眼が、やっぱりちょっとだけ怖い。

何を考えているかわからないし。

身長があるから、どことなく圧もある。

イヤ？って、イヤだよ、イヤに決まってる。

だけどでも、こんな土砂降りの中を帰らせるほど、わたしは冷たい人間じゃない。

……ていうか。

そうやって首をかしげるのは、あざとい……と思う。

顔の使い方、マスターしてるなぁ……。

「……え、駅まででもいいですか？」

「俺も駅。ありがとー」

あんまり心がこもっていなそうなお礼に「どういたしまして……」と小さく返す。

これはわたしが望んだことじゃない。雨のせい。しょうがなかった。

そう、だから——不可抗力だ。

「傘、折りたたみだから小さいんですけど……」

「ないよりは100億倍マシだからいーよ」

「うぅ……」

必然と相合傘をしなければならなくなって、緊張で手に汗がにじむ。

芦原くんはこういうの、慣れているのかもしれない。

かもしれない、じゃなくてきっとそう。

美人会長と仲良しになるくらいだもん。女の子が至近距離にいても緊張しないんだろうなぁ。

それに比べ、男の子と用事がある時以外で関わることがあまりないわたしは、相合傘をする機会なんてあるはずもなく。

緊張で震える手で傘をかかげ直し、なるべくいつもどおりの声で「ど、どうぞ……」と中に入るように促す。

すると、ひょいっと傘の持ち手を奪われた。

びっくりして、「あぇ？」とヘンな声が出る。

「俺が持つよ」

「えっ、い……いいよ！　わたしが持つ！」

「その身長じゃ、ずっと腕伸ばしたまま歩くことになるけど」

「う……」

それを言われちゃ、なんにも言えない。

153センチのわたしに反論の余地なし。

「お願いします……」と小さい声で言えば、「うん」と短く返された。

ふたりで同じ傘に入って、歩き出す。

隣に並ぶと身長差が歴然だ。頭１つ分くらい差があって、わたしが小さいのか芦原くんが大きいのかよくわからなかった。

実際のところ、芦原くんの身長って何センチなんだろう。

ちらり、隣にいる芦原くんを見上げると、偶然同じタイミングで芦原くんもこちらを見ていたみたいで、バチッと目が合ってしまった。
「何？」
「えっいや、えっと……いい天気ですね？」
「うん、雨だけどね」
ホントだよ。土砂降りだからこんなことになってるんじゃないか。バカすぎて恥(は)ずかしい。
思わず芦原くんから目を逸らすと、頭上からくくっ……と笑っている声が聞こえ、いたたまれなくなってわたしは俯(うつむ)いた。

小さな傘の下、ふたりで歩く道のり。
歩くたびに制服が触れる距離。そのたびに、わたしだけがビクッと肩を揺らしてしまうからイヤになる。
わたしだけ……変に意識してるみたいだ。
雨がやむ気配はなく、それどころか強くなる一方だった。
雨の音と、わたしの心臓の音と、ふたり分の呼吸音。
その3つが空気に落ちていく。
いやいや、気まずい。すごく気まずい。
何か話をしなければ……と、キレの悪い頭で必死に考えていると。
「ねえ、いつもこの髪型(かみがた)してたっけ？」
ふいに、芦原くんが傘を持っている手とは反対の手で、わたしのツインテールにそっと触れた。
指先に絡(から)めるようにいじられ、突然のことに「あ」とか、

「え」とか、言葉にならない声ばかりがこぼれる。

さりげないスキンシップの達人だ。

すごい、イケメンって恐(おそ)ろしい。

「えっと……いつもはおろしてる……から……」

「じゃあ、いつもこっちの髪にしたらいんじゃん？　かわいーよ」

「かわっ……!?　そ、そういうの誰にでも言うのよくないと思いますっ」

「誰にでもって誰だよ」

「会長とかっ……てか、あの、もう離して……」

芦原くんに触(さわ)られているという恥ずかしさに耐(た)えられず、その手から逃げようと体を横にズラそうとする――と。

「バカ、そっち行ったら濡れるじゃん」

グイッと肩を引き寄せられた。

ふわり、柔(やわ)らかい香りに包まれる。

香水とはまた違う、優しくて自然な香り。

柔軟剤(じゅうなんざい)だろうか。芦原くんから漂(ただよ)う匂(にお)いがあまりにも好みで、心地よくて、びっくりしてしまった。

「ご、ごめんなさい……」

「おまえが濡れちゃ、俺らが一緒に帰ってる意味ねーだろ」

「うう……」

それはもっともだけど……もとはといえば、芦原くんの距離がバグッてるせいだ。

ドキドキ、バクバク。

さっきから、心臓がずっとうるさいまま。

「なぁ、てかなんで敬語？」

歩いて十数分がたったころ、ふと落とされた声に顔を上げる。

あたりが暗くなってきているせいなのか、芦原くんの透（す）き通るような金髪がやけに映えていて眩しかった。

なんで敬語なのって、そんなの、芦原くんが『高嶺の問題児』だからに決まってる。

「同い年だし、敬語いらないって」

「で、でも、芦原くんにタメ口きいたら殺されそう……」

「なんだそりゃ。とりあえず、今から敬語禁止な」

「禁止……」

急に言われても困る、のに。

でも、芦原くんの言うことはぜったいだ。彼に逆らったら、どんな刑（けい）に処されるかわかんないもん。

「わかりま……わかった……」

ぎこちないタメ口で返すと、満足げに笑われた。

「おまえ、人の頼みとか断れなそーだね」

「うっ……」

「図星？　まあ、お人好しそうな雰囲気出てるもんな」

ぜったいぜったい、マイナスな意味で言われてる。

芦原くんも、わたしのお人好しな雰囲気をくみ取って『その傘俺も入れて』ってお願いしてきたのかもしれない。

だけど、芦原くんの言うとおりだ。

優柔不断なわたしは、人からの頼まれ事を断れない。

それがデフォルトで、いつからか頼まれ事が多くなった。

お人好しって、直そうと思っても、そう簡単に直せるものじゃない。

誰かの力になれるのはうれしいけれど、要領がいいわけでもないから、自分のキャパを超えてしまいそうになることもしばしば。

でも、頼まれ事を断ったら、悪口を言われたり生意気って言われたりしちゃうのかな、と思ったら怖くて。

そうこうしているうちに、“いい子ちゃん”のイメージが定着してしまった。

「どうにかしたいとは……思ってる、けど、直せなくて」

「あぁ、まあ。気持ちはわかんなくないわ。俺も寝坊すんの、直せないし。どうにもなんないことって、無理して直すようなもんではないと思うけど」

それとこれって同じなのかな……と思いながら、寝坊することをどうにかしたいと思う気持ちが芦原くんにあったことに内心驚(おどろ)く。

反省していないのかと思ってた。

こうして話してみると、芦原くんって怖いだけの人じゃないのかも。

「芦原くんって意外と優しい人なんだ……」

「はぁ？　おまえお人好しのくせして結構言うのな。タメ口で喋ったら殺されそうとか、意外と優しいとか」

「えっ、ご、ごめんなさい……」

「いーけど、全然」

呆(あき)れたように笑われて、どこかむず痒(がゆ)い気持ちになった。

芦原くんは、思っていたよりも怖くなくて──ちょっとだけ、優しい人みたい。

あっという間に駅へたどりつく。

学校の最寄り駅周辺はあまり栄えていなくて、通行人の数もまばらだ。

傘をたたんで改札に向かって歩く中、わたしと芦原くんが乗る電車は、それぞれ反対方向だと知った。

さらに、芦原くんはどうやら駅からまた数分歩いて帰らなければならないらしく、傘はそのまま貸すことにした。

わたしが、たまたま仕事が休みだったお母さんが駅まで迎えに来てくれるから大丈夫、と話せば、「お人好し」と笑われた。

「なぁ、ひろ」

改札を入ったところで、不意打ちで名前を呼ばれ心臓が跳ねた。

『ひろ』

その２音が、わたしの中に溶けていく。

わたしのことを呼び捨てにする人なんて、あまりにもレアだ。どくどくと脈が打っている。

そもそも、芦原くんがわたしの名前を知っていたことにもびっくりした。

去年同じクラスだったとはいえ、ほとんど関わりがなかったし忘れられていると思ってたから。

意外と人の顔と名前を覚えるのが得意……なのかな。

「さっきの続き。無理して直すようなもんではないとは言ったけど……」

「……ぬ、う？」

　芦原くんの指先が伸びてきて、むに、と優しく頬をつまんだ。

　何をされているのか、理解が追いつかない。みょーんとわたしの頬を伸ばしながら、芦原くんが再び口を開く。

　わたし、今、ヘンな顔してないかな。

「イヤなことはちゃんとイヤと言えるようにしておかないと、そのうち悪いやつに捕(つか)まっちゃうかもな」

「……悪い、やつ……？」

「そ。たとえば――俺とか？」

　頬をつまんでいた手が、流れるように今度はわたしの唇(くちびる)をなぞる。ビク、と肩が揺れた。

「……ふは。想像以上にかわいー反応するから俺までビビる」

「あ……しはら、くん」

「ピュアでいーね、ひろ。そのままでいてほしいわ」

「え……」

「傘、助かった。ありがとな」

　そして、「また明日」と続けると、ぽんぽん……と優しく頭を撫でられた。

　こくりと頷(うなず)いて、反対ホームに向かう芦原くんの背中を、ぼんやりと見つめる。

　触れられたところが、熱を帯びて熱い。

慣れない展開に力が抜けたような状態になったわたしは、その場に立ち尽くしていた。

『イヤなことはちゃんとイヤと言えるようにしておかないと、そのうち悪いやつに捕まっちゃうかもな』

ねえ、それってどういう意味だろう。

ピュアなままでいてほしいって、全然意味わかんないよ。

芦原くんが、いつかわたしにとって"悪いやつ"になる……ってこと?

「うーん……?」

考えてもわかりそうになくて、わたしはひとり眉間にシワを寄せてうなった。

芦原くんの真意がわからない仕草は、なんだか少し、心臓に悪い。

期待すらできない

　翌日、お昼休み。
　千花ちゃんの席で、お弁当を食べようとしていた時のこと。
「ひろちゃんっ」
「え、ど、どうしたの笹木ちゃん」
　クラスメイトの笹木ちゃんが、何やら焦った様子でわたしの机までやってきた。隣にいた千花ちゃんも、何事？みたいな顔で笹木ちゃんを見つめている。
「ひろちゃん呼んでって……言われて……」
「呼んでるって、誰……」
　主語のない笹木ちゃんの言葉に首をかしげながら、流れるように教室の後方扉を見る。
　そこにいた眩しいほどの金髪をとらえ、わたしは思わず握っていた箸を床に落としてしまった。
　カラカラ……と乾いた音が響く。
「ひーろ」
　わたしの名前を呼んで、ひらひらと手を振るその男。
　昨日、不可抗力で一緒に帰ることになってしまった『高嶺の問題児』──芦原くんだ。
　堂々と遅刻をして今登校したのか、スクールバッグを背負っていて、ちょいちょいと手招きをしている。
　目を瞬かせるしかできないわたしに対し、芦原くんはまわりの視線に屈(くっ)することなく、「ひろー？　聞こえてんの？」と名前を繰(く)り返した。
教室中の視線が、わたしに集まる。
なんで高嶺の問題児がここにいるの？
なんで呼び捨てされてるの？
なんで二瀬さんが芦原くんと？
言葉にはされずとも伝わってくる無言の視線。
昨日の出来事はまだ誰にも話していなかったから、「ひろ、なんかしちゃったの？」と千花ちゃんに問われる。
一気に注目の的。
無理無理、恥ずかしい。
「なぁんかワケアリ？　あとでゆっくり話聞くから、とりあえず行ってきな？」
落とした箸を拾ってくれた千花ちゃんは、机に箸を置くと、そのままわたしのお弁当の蓋(ふた)も閉め始めた。
「これはあとでゆっくり食べるとしてー」なんて言って自分は卵焼きを頬張(ほおば)っているし。
ずるいよ千花ちゃん、わたしもお腹すいたよ。
「あの芦原くんが教室に出向いてくれてるんだよ？　しかも呼び捨てにされちゃって。行かない選択肢(せんたくし)はないよ」
「で、でも……」
「あたしのことは気にせず。ほら、芦原くん待たせてるんだし。ここで行かないと、あとあと怖そうじゃん？」
千花ちゃんに言いくるめられて、それ以上は何も言えなかった。

「お菓子(かし)もあるよって言ってた……」
「ええ……」
笹木ちゃんからの補足情報。
何それ、お菓子でわたしが釣(つ)れるとでも思ってるの、芦原くん。
今回は、千花ちゃんに言われて仕方なくだもん。
断じてお菓子に釣られたわけじゃない。
「……ぶ、無事に帰ってこられたら、あとで話聞いてね、千花ちゃん！」
「はいはい、楽しみにしてる」
「ひろちゃん、がんばってね……！」
親友の千花ちゃんより、たまたま後方扉にいちばん近い席に座っていて、芦原くんに伝言を頼まれただけの笹木ちゃんのほうがよっぽど心配してくれていた。

「よー、ひろ。昨日ぶり」
「こん……にちは」
「うわ、なんかよそよそしいな」
教室の扉付近。
スクールバッグを背負った芦原くんは、昨日とさほど変わらないテンションで話しかけてくる。
堂々とした遅刻に、金髪に、まわりの視線。
『高嶺の問題児』という呼び名がついていることを痛感する。
「芦原くん……ここはちょっと人目が多いので場所を変え

ませんか……」

そう提案すると、芦原くんは一瞬だけ視線を上げてあたりを見渡して——それから。

「ふたりきりになりたいってことか、なるほど」

「は!?　ちが……っ」

「いーよ？　そういうの嫌いじゃない」

グイッと耳元に唇を寄せて、いたずらっぽくささやいた。

「な……っう……っはぁ!?」

「うはは、耳真っ赤だ」

とっさに耳元を押さえて芦原くんと距離をとる。

からわれてる。

わたしの反応を見て楽しんでるんだ……！

それに加えて誤解を招くような言い方。いよいよ誤魔化しがきかなくなってしまいそうだ。

「っあ、悪趣味！」

「それ褒め言葉？」

「違うっ！」

「わー必死」

「必死って、それは芦原くんが……っ」

「まあまあ、そう怒んなよ。お菓子あげるから、ほら」

ポケットから取り出した個包装のクッキーを差し出される。

わたしはそれを乱暴に受け取って、芦原くんの腕を引っ張った。

これ以上まわりにヘンな誤解をされるわけにもいかない

し、強制的にでも場所を変えないと。
「あれ。ひろって意外と積極的？」
「違う！」
「うはは」
　芦原くんといると、ホント調子狂うからイヤだ……！

　なんとか芦原くんを人気の少ない渡り廊下に連れてきて、引っ張ってきた腕を離す。
「べつにこんなとこまで来なくたって」
「あんな人前で名前呼ばなくたって！」
　芦原くんは、自分がどれだけ注目を浴びている人間かわかってないんだ。
　わたしみたいに、平凡で真面目なだけの女子の横に並ぶような人じゃない。芦原くんがよくたって、どこで女子の反感を買うかわからないもん。
　むっと睨むも、どうも効果はなさそうだった。
「だいたい、なんの用で……」
「傘、返しに来ただけ」
　芦原くんが、スクールバッグから折りたたみ傘を取り出す。黒の、星空みたいなデザインの傘。たしかに昨日、わたしが芦原くんに貸した傘だ。
　芦原くんが心臓に悪い人、という記憶のほうが強く残っていたから、傘を貸したままだったことをすっかり忘れていた。
「ホント助かった。ありがとね、ひろ」

「これはお礼」と言って、傘と一緒にお菓子の箱を渡される。

さっき勢いでもらった個包装のクッキーとは別の、コンビニで250円で売ってるちょっと高めのチョコレート。

しかも、わたしが大好きなイチゴ味だ。

偶然とはいえ、素直にうれしい。

学校に来る前に買ってくれたのかな……と、想像したらなんだか和(なご)やかな気持ちになる。

「ありがとうご……」

「敬語やだ」

「ご……ご、ござる……」

敬語に厳しい芦原くん。

ありがとうございます、と言いかけたところで指摘されてとっさにヘンな口調に切り替(か)えると、芦原くんは、うはっと噴(ふ)き出して笑った。

笑った口元から覗いた八重歯が、芦原くんの雰囲気をさらに柔らかくする。

かわいい、なんて。

そう思ってしまうのは、ヘンかな。

「ぶふっ……ありがとうござる……ふっ」

どうやらツボに入ったようで、芦原くんは震えながら笑っている。

たしかに、自分でもさすがに『ござる』は間違えたかなって思ったけど……！

「わ、笑わないで……」

語尾をすぼめながら言ってみたけれど、それから1分ほど芦原くんはツボから抜け出せなくなっていた。

もうやだ、穴があったら入りたい。

「てか、ひろお昼までしょ。ごめんな、時間取らせて」

「ううん、全然……」

そもそも教室で済むことにもかかわらず、人目を気にして芦原くんを廊下まで連れ出したのはわたしだ。

芦原くんは傘を返しに来てくれただけだもん。

余計なことしちゃったな……と心の中で反省していると。

「ひろが恥ずかしがり屋だって知れたから、気にしなくていいよ」

「な？」とわたしの顔を覗き込むように屈んだ芦原くんが、くしゃくしゃと頭を撫でる。

……頭を撫でるの、芦原くんのクセなのかな。

昨日も帰り際に頭をぽんぽんされたし、会長にも同じことをしていたっけ。

芦原くんが女の子との距離が近い人だとわかっていても、ドキドキしてしまう。会長が頬を赤らめていた気持ちがわかるのが、少しだけ悔しい。

「……やっぱ、慣れてる」

「ん？」

こぼれた言葉に深い意味なんてなかった。

芦原くんの耳には届いていなかったようで、聞き返されたわたしは首を横に振った。

　ただ、わたしの心の声が漏れただけ。
「ううん、何も言ってない。お菓子ありがとう、千花ちゃんと分けて食べます」
「千花ちゃんって誰？」
「わたしの親友だよ」
「ふうん。じゃ、俺は教室に戻るわ」
「そんなあからさまに興味なさそうにしないでくれます？」
「敬語やめてくれます？」
　敬語ハンターみたい。
　そう言えば、芦原くんは「なんだそりゃ」と笑っていた。

「恋の予感じゃないの〜？」
　放課後のこと。
　帰りに寄ったファストフード店でオレンジジュースを啜(すす)りながら、千花ちゃんに昨日芦原くんとの間にあったことを話すと、彼女はニマニマしながらそう言った。
　お昼休みは教室に戻って残していたお弁当を食べたらあっという間に予鈴(よれい)が鳴ってしまって、千花ちゃんに事情を話す時間はなかったのだ。
「お菓子までくれるの優しいじゃんね、芦原くん」
「そこだけじゃん……」
　恋の予感、なんて。
　相手は“あの”芦原くんだ。
　女の子なら誰でもよさそうだし。
　噂の真意はわからないけれど、昨日の、わたしに対する距離の近さから考えても手慣れているに決まってる。
「ひろにも、ようやく春が来たと思ったんだけどなぁ」
「恋とかよくわかんないもん……」
「かわいいのにもったいなぁい」
　千花ちゃんが眉（まゆ）を下げて残念そうな声色で言う。
　好きとか、いちばんになりたいとか、トクベツでいたいとか、わたしにはまだその感覚がわからない。
　いつか、心から好きな人ができて付き合うことになったらいいなぁっていう漠然（ばくぜん）とした理想はあるけど、芦原くんみたいにソコウフリョウで不真面目な人は、タイプじゃないから話にならない。
　傘は無事に返してもらったし、明日からはただ同じ学校に通う生徒同士に戻るだけ。
　恋とか、ぜったいありえないもん。
　頑（かたく）なに首を横に振る私に、千花ちゃんがようやく「そうかぁあ」と若干不服そうに唸（うな）ったところで芦原くんの話は終了した。
「あーあ。12月入ったらすぐテストだねぇ」
「うげー、やだなぁ……」
「ひろ、真面目なのに頭弱いの、かわいくて好き」
「全然うれしくない……」
　12月の頭に期末テストが控えているから、来月になったらすぐテスト期間に入ってしまう。
　イヤでも勉強しなくちゃいけない日が２週間も続くと思うと、気が重いなぁ。

……とかとかとか。ファストフード店で１時間ほど雑談をしてから千花ちゃんと店を出る。

駅に向かう足を進めていると、ふと視界の先に見覚えのある金髪を見つけた。

あ、と反射的に声がこぼれる。

隣には、同じ学校の制服を着たロングヘアの女の子。わたしが昨日、うっかり目撃（もくげき）した時にそばにいた会長とは違う人だ。

わたしのこぼした声に首をかしげた千花ちゃんもすぐに芦原くんの姿を見つけたようで、「あー……」と苦笑いを浮（う）かべていた。

「まあでもたしかに、あれじゃ期待すらできないかぁ」

芦原くんは高嶺の問題児。

男の子の友達が少なくて恋愛経験の乏（とぼ）しいわたしとは正反対で、まるで住む世界が違うんだ。

たまたま機会があって一緒に帰ったり傘を貸したり、お礼にお菓子をもらったりしただけ。

たまたま芦原くんが意外と優しい人だって知れて、たまたま見えた八重歯がかわいいなって思っただけだもん。

そうだよ。だから、昨日の意味深な言葉も、頭を撫でられたことも、全部気にしないことにしよう。

「だから、期待とかしてないってば千花ちゃん」

「えーん、ごめんてぇ」

千花ちゃんにそう言って、わたしは視界に映る金髪から目を逸らした。

芦原くんと悪いこと

　冬が近くなればなるほど布団の温もりが恋しくて、朝起きることがしんどくなる。あと５分、１分……ってやってるうちに、あっという間に家を出る時間になっちゃう。
　朝は決して得意なわけじゃない。
　だけど、遅刻をして校門で先生に注意されるのも、遅れて教室に入ってクラスメイトの視線が向けられるのもイヤだから……寒さに負けてうっかり寝坊しちゃった日は、全力疾走するしか術はナシ。
「いってきますっ！」
「はあい、転ばないようにねー」
　勢いよく家を出たわたしとは裏腹に、お母さんはいつもと変わらない穏やかな声で「いってらっしゃーい」と言っていた。
　秋風を切って猛ダッシュ。
　遅刻は、ぜったいしたくない……！

　電車で揺られながら千花ちゃんに遅刻しそうな旨を伝えたところ、【１時間目自習になるって噂だから、焦らずおいで〜！】といった返信が来た。
　不幸中の幸いってこのことかな。
　遅刻はしたくないけれど、自習と聞いて、少しだけ焦る気持ちが和らいだ。

予鈴が聞こえたところで、わたしはなんとか校門にたどりついた。本鈴が鳴るまではあと５分。
このまま走れば、先生が来るまでにはなんとか教室に入れそう――なんていうのは、あくまでも想定内で事が済んだ場合の話であって、だ。
走って校門を抜け、上履き(うわばき)に履き替えたわたしは、階段を駆け上がった。ホームルームが始まる時間で、ほとんどの生徒は教室にいるはずだから、と完全に油断していたんだ。
「ぅぎゃっ」
「うお、あぶな――」
階段をのぼった先。角を曲がったところで、ドンッと勢いよく誰かにぶつかってしまった。
「ご、ごごごごめんなさっ……」
「はい二瀬サン、廊下は走ってはいけませんよー」
聞き覚えのある柔らかな声。慌てて顔を上げると、そこには芦原くんの姿があった。
差し込む日差しに照らされて、金色の髪が輝(かがや)いている。
まるで教員のような口調でそう言った芦原くんは、いたずらっ子のように口角を上げて笑った。
「あ……、芦原くんでしたか……」
「おはよ、ひろ。この時間に登校とか珍(めずら)しくない？」
「うう……えっと、寝坊を」
「うはは。ひろでも寝坊とかするんだ。かわいーな、ホント」
かわいーって何が……？

　首をかしげるも、芦原くんは「うん、かわいいよ」と、ひとり言のように呟くだけ。
　やっぱり、いつもかわいい女の子と一緒にいるから言いなれているのかも。
「えっと、芦原くんも寝坊したの？」
「いや？　俺は意図的にサボろうとしてたとこ。保健室のベッドで二度寝しようかなって」
　わあぁ、フリョウだ。保健室の使い方が完全にワルだもん。
　やっぱり、わたしとは全然タイプが違う人だ。意図的にサボるなんて、わたしにはぜったいできないし――。
「あ。ひろも一緒にサボる？」
「えっ」
　思いがけぬ提案に声が出た。
「さっき教室出る時、C組は朝から自習でいいなーって言ってるやついたんだよね」
　千花ちゃんが言っていた、自習の噂は本当みたい。
　自習なのはありがたいけれど、だからといってサボっていい理由にはならない。……先生に見つかったら怖いもん。
「いや、あの、わたしは遠慮しておきま……」
「あー、なんか突然すっごい頭いたくなってきたなー」
「……えっ!?」
　芦原くんの気まぐれに流されちゃだめだってわかってるから、ちゃんと断ろうとしたのに。
「ひろとぶつかった時の衝撃が原因かなぁ。今すぐ横にならないと死んじゃいそー」

「う、嘘だ……！」

「どうかな。とりあえずさ、責任持って保健室に連れてってよ。病人置いてどっか行っちゃうような子じゃないよな、ひろちゃんは」

　わざとらしく名前を呼ばれ、おまけに「な？」と軽く圧をかけられる。

　つい数秒前まで普通の顔して話しかけてきたんだから、頭が痛いなんてぜったいに嘘。責任なんて取る必要ない。

　……だけど——。

　キーンコーンカーンコーン……。

「あ、本鈴だ」

「えっ」

「走ってももうホームルームには間に合わないね、残念」

　なんてタイミング。

　朝ご飯も食べずに、冷たい風の中を走ってなんとか間に合う時間に校門を抜けたはずなのに、芦原くんにぶつかってしまったのが運のツキ。

「ね、ひろ」

「……っ」

「俺とイイコトしよ」

　この先に待つことが、“イイコト”なはずがない。

「ま、ま、待って芦原くん！」

「何？」

「近……っ近い、のですがっ!?」

「近くしてる。わざとだよ、だから大丈夫」

何も大丈夫じゃないんだけど……!?

自習とはいえ、本来なら今は教室にいる時間。それなのにわたしはどうして——保健室のベッドに押し倒されているのか。

手首をシーツに押しつけられているから、自由がきかない。金髪が揺れて、前髪の隙間から色素の薄い三白眼がわたしを見おろしていた。

「……ふは。いー眺め」

「は、離してもらえますか……っ」

「やだ」

「やだじゃなくて……!」

保健室で、ふたりきり。ニッと口角を上げる芦原くんは、この状況を楽しんでいる模様。

「ホント、ひろって超がつくほどピュアだよね。あと天然たらしの素質もある」

「えぇ……?」

「でも、だめだよひろ。男と簡単にふたりきりなったら、何されるかわかんないから」

それ、芦原くんが言うの?

私を脅して無理やり保健室に連れてきたのは、芦原くんなのに。

「さ、さっき、何もしないって言った……」

「うん。でもやっぱ無理かも。ひろのこと見てたらちょっとイタズラしたくなっちゃった」

　さかのぼること、数分前の話。

　保健室に入ると、先生はいなかった。芦原くんが言うには、『中田せんせーは、この時間はいつも職員室にいる』らしい。

　カーテンを開けてベッドに腰かけた芦原くん。警戒心むき出しのわたしに、彼は優しい声色で言った。

『なんにもしないから、隣来てよ』

『嘘っぽい……』

『うはは、ホントホント。今、あんまり眠くないんだよね。だからひろ、話し相手になって』

　芦原くんと話すことなんてべつにない……けど。

　ついてきてしまった手前、今さら教室に戻ることもできない。

　いくら噂があるって言ったって、芦原くんもわたしみたいな真面目で平凡な女子にヨクジョーするほど暇じゃない、よね？

　うんうん、だからきっと大丈夫。

　ヘンに意識してるほうがおかしいもん。

　授業をサボって、ちょっと話すだけ。

『えっと……じゃあ、座ります』

『うん、どーぞ』

　そのつもり、だったのに。

『つか、昨日も思ったけど、ひろって香水かなんかつけてんの？』

最初はよかった。

芦原くんが、サボりを繰り返しているうちに養護教諭の中田先生と仲良しになったこととか、D組の１時間目は体育で、朝から運動は地獄だとか。

そんなたわいのない会話をしていただけだったんだ。

ふと、芦原くんが持ちかけた、わたしの香りの話。

今思えば、それがたぶん、よくなかったんだと思う。

『ううん、何もつけてないよ』

『じゃあ柔軟剤か。すげー俺が好きな匂いする』

『好……っ、あの……えっと、すごく恥ずかしいけど、光栄です……？』

『ぶはっ』

『あっ、でも、芦原くんもすごくいい匂いです』

『え、そう？　俺もなんもつけてないけど』

『香水じゃないなって思ったんだけど、昨日一緒に帰った時、心地よくてびっくりしちゃったので……いいなって』

『……わ、結構恥ずいんだなこれ』

『ん？　芦原く……っうわぁ!?』

――それで、今に至るのだ。

気づいた時には芦原くんの下に組み敷かれていて、わけがわからないまま芦原くんに自由を奪われてしまった、というわけである。

「ひろみたいに無防備すぎる子、初めて」

「っ、ひ」

　芦原くんの手が伸びてきて、首筋に触れた。そっと撫でられ、くすぐったくて思わずヘンな声が出る。

「うぅ、くすぐった……」

「……やば。かわいい反応すんね」

　何、なんですか、この展開。

　首筋から移動した指は、頬、唇……と、熱を共有するように移動していく。まるで、芦原くんに侵略（しんりゃく）されていくみたい。

「、ん」

　耳たぶを撫でられた時、くすぐったい……とは少し違う感覚に体が震えた。わたしの変化をとらえた芦原くんの動きが止まる。

「……あれ。耳、弱い？」

「ぅんん、わかんな……」

　知らない、わかんない。

　だって、こんなふうに男の子に触れられることなんて今までなかったんだから。

　体をよじらせて、ぎゅうっと目をつぶる。

「……ふうん？」

「も、離れて、……っ芦原くん……」

　体を背けてなんとか距離をとろうとするけれど、くいっと顎（あご）を掴（つか）まれて、強引に目を合わせられる。

　……それから。

「そんなん知ったら、もっといじめたくなるんだけど」

「え――っ、ひぁっ!?」

――かぷ、と、芦原くんがわたしの耳に噛みついた。

尖った八重歯に刺激されて、思考が真っ白になる。

空いていた手でとっさに芦原くんの制服を掴むと、体の距離が近づくと同時に、優しい香りが鼻腔をくすぐった。

ヘンだ、こんなの知らない。体中が火照っている。

もう、どこを見ていいかもわかんない。

恥ずかしさと知らない感覚でいっぱいになって、泣きそうになる。

「なあ、ひろ」

芦原くんがゆっくり口を開く。耳元で響く心地のよい声に、わたしは肩を揺らした。

「こんなかわいー反応されて理性保ってられる男なんてそう多くないんだからさ、気をつけたほうがいいよ?」

体を離し、芦原くんはそう言って「くは」と小さく笑った。

芦原くんは悪い人、なのだろうか。

ふたりきりになったら、わたしの頭じゃ想像できないようなことをするのかな。

「……なんか、ひろのこと見てると汚したくなる」

「……あ、しはらくん」

「消えないくらいのあとつけて、ひろのこと困らせてさぁ。俺のことばっか考えるようになればいいのにね?」

「……っ」

「んーそうだな。たとえば――…ここ、とか」

トン……と指で示されたのは、首筋だった。

かあぁ……っと顔が紅潮していくのがわかる。

芦原くんに噛まれたばかりの耳に、感触が残っている。

「あー、でも、ひろはまだおこちゃまだから早かったかな」

「な、う……」

「でもホント、無自覚がいちばんタチ悪いから。ひろはもっと自覚したほういいと思う」

何も言えないままのわたしにそう言って、芦原くんは起き上がるとカーテンを開けて隣のベッドに移った。

「俺、寝るわ。好きなタイミングで戻っていーよ、ひろ」

……そんなこと言ったって。

こんなにドキドキしたままで教室に戻れるわけがない。

布団をかぶり、心臓の音がおさまるのを待つ。

『ひろのこと見てると汚したくなる』

バカバカ、思い出しちゃだめ。芦原くんはただの気まぐれ。わたしにヨクジョーなんかするはずなくて、ただからかってるだけだから。

高嶺の問題児には——期待すらできないんだ。

あぁもう、芦原くんわけわかんない……！

結局、１時間目が終わるまで、わたしの体は熱を帯びたままだった。

Section. 2

ふたりだけの約束

「二瀬、そこまた間違ってる。解き方さっき教えたろ」
「えっと……ここのｙを」
「そうじゃないしそもそも因数分解(いんすうぶんかい)から間違ってる」
「えぇぇ……なんで……」
　時は11月末。
　放課後、学校からいちばん近いファミレスの窓際のテーブル席にて。
　わたしと千花ちゃん、それからクラスメイトで、同じ中学校出身で腐れ縁でもある七海理久(ななみりく)の３人は、テスト対策の勉強会を開いていた。
「……はあ。おまえまじで覚え悪い」
「ごめんってば……。わたしがバカなのなんて中学の時から知ってるくせに」
「自覚してるならもっと勉強しろバーカ、アホ、まぬけ」
「バカって言ったほうがバカだもん……」
　ツンとした態度で悪口を言う七海に、弱々しく反撃(はんげき)する。
　そんなわたしたちを見て、千花ちゃんは「相変わらず小学生みたいな会話するねぇ」とけらけら笑っていた。
　その『小学生』って、わたしも含(ふく)まれてるみたいだけど、違うよ千花ちゃん、小学生なのは七海だけだよ。
　ムッと唇を結んで七海を睨むも、ふんとわざとらしく目を逸らされる。

何それ、感じ悪い！

わたしと千花ちゃんの前での姿が七海の本性なのに、教室では爽(さわ)やかな王子系イケメンだと思われているのも解(げ)せないし。

頭がよくて、運動ができて、リーダーシップもあって、笑った顔があどけなくてかわいいって、教室じゃ男女問わず人気者。

ときどき口調が乱暴になるのも、ご愛嬌(あいきょう)ってやつみたいだ。

まあ、わたしからしてみればただの生意気な小学生にしか見えないんだけど。

テスト期間前の勉強会は、中学のころから通してもはや恒例(こうれい)行事のようなものだった。

中学１年生の時、七海と隣の席だったことがあって、期末テストの答案返しでたまたま点数を見られてしまったことがきっかけ。

『次のテスト期間から、俺が教える？』

その時はまだ今ほど嫌(いや)みを言うようなやつじゃなかった七海にそう言われて、それからは今に至るまで、なんだかんだでテスト期間は必ず七海にお世話になっている。

前期試験も、七海のおかげでなんとか赤点を回避(かいひ)できたといっても過言じゃない……けど！

「ほらここ、もっかい最初から解き直し」

「さ、最初から!?」

「文句あんのかよ。いいんだな、二瀬だけ赤点取って冬休みも毎日震えながら学校来ることになっても」

「イヤです、がんばります……」

七海の教え方は、ちょっとスパルタすぎるのだ。

かといって千花ちゃんは七海ほど頭がいいわけじゃないから自分の勉強で手一杯みたいだし、七海がいないと、わたしは冬休みを返上して学校に来なくちゃいけなくなる。

ゆえに、従うしか選択肢はなし。

ううう、早く終われ、テスト期間……！

「あ、ねえ見て見てひろ」

七海のスパルタ教室が始まって２時間ほどたったころ。

「少し休憩な」と鬼の七海から許可をもらい、おやつがてら頼んだチョコレートケーキを頬張っていると、千花ちゃんがちょんちょんとわたしの肩を叩いた。

「んー？」

「ほら、あそこ。高嶺ツインズ歩いてる」

千花ちゃんが指さした先。

釣られるように目を向けると——きれいな金髪が視界におさまった。

交差点で信号を待っているみたいだ。窓際の席だからこそ余計によく見える。

「芦原くん、いつ見ても目立つなぁ」

「はひかに（たしかに）」

「あは。ひろ、もぐもぐしてるのかわいい～」

千花ちゃんは息するようにかわいいって言うから、わたしもすっかり慣れてしまった。

もぐもぐ、ごくん。口に含んでいたケーキを胃の中に流し込んでから、もう一度窓の外に目を向ける。

芦原くんと、そのお友達の吉良茜(きらあかね)くん。

透(す)き通るブラウンのマッシュヘアに、無数に開いたピアス。柔らかい口調と雰囲気が特徴的(とくちょうてき)な吉良くんだけど、じつはかなりＳっ気があるとかなんとか。

芦原くんと同じ『高嶺の問題児』で、いつもまわりにはかわいい女の子がたくさんいて、モテモテな男の子だ。

下校時間にしては遅いけど部活帰りにしては早いから、どこかにふたりで寄り道してきたんだと思う。

『高嶺の問題児』のふたりだから、千花ちゃんはこっそり『高嶺ツインズ』って呼んでいるみたい。

なんだかアイドルみたいで面白い。

「あ、こっち来る」

芦原くん、そういえば電車通学だったっけ。

駅に向かうには、信号を渡ってわたしたちが今いるファミレスの目の前にある歩道を通るのが鉄板。

窓際の席にいるから、もしかしたらこっちに気づいてくれるかも——って。

「え？　なんか芦原くん、手振ってるんだけど」

まるで、わたしの心の声が届いたかのようなタイミング。

芦原くんが、窓際に座るわたしに向かって右手を上げた。

ドキ、とわかりやすく心臓が音を立てる。

きょろきょろと店内を見渡したけれど、同じ学校の生徒はいない。

「ひろに向けてじゃない？」

「え、え、でも」

「だって、めっちゃこっち見てるもん！　うわー、かっこいい！」

　戸惑うわたしと、興奮する千花ちゃん。七海は「永野、いったん落ちつけよ」と千花ちゃんを制している。

　間違っていたら恥ずかしい、けど、たぶん……目、合ってる。

　手を振り返す勇気はなくて、わたしの勘違いだったとしても誤魔化せる範囲で軽く会釈をすると、芦原くんはわたしの動きを真似て会釈をしていた。

　信号を渡り終えた芦原くんは、目の前の歩道を通る時にもう一度軽く手を振ってくれた。

　ふ、と口角を上げて柔らかく笑った顔が印象的で、胸のあたりがきゅんとなる。

　……会釈をしただけなのに、こんなにドキドキするのはどうしてなのかな。

「あのふたりが並ぶと眩しすぎるよね。さすが『高嶺』って感じ」

　芦原くんたちが通りすぎてすぐ、千花ちゃんがテーブルに頬杖をついて言う。

　高嶺。本当にそのとおりだ。

　そんな芦原くんとわたしが関わったのはすでに２週間も前のことで、保健室で一緒に授業をサボった時以来。

校内で一方的に見かける程度で、当然、芦原くんのほうから話しかけられたりすることもなかった。

……って、いや。べつに話しかけてほしかったわけじゃないけどさ。

窓から視線を逸らし、速まった脈拍(みゃくはく)を誤魔化すようにオレンジジュースをちうっと吸う。

オレンジの酸味が口いっぱいに広がった。

「時代は金髪だ。七海も爽やかキャラやめてフリョウ目指してみたら？」

「しねーよ」

「案外似合うかもじゃん！　ね、ひろもそう思わない？」

「えー……七海は黒のほうがいいんじゃないかな……」

「……だから、元から金にするつもりねえから」

「七海理久17歳(さい)、一生黒髪を誓(ちか)うの巻」

「おいやめろ黙(だま)れ喋るな」

千花ちゃんは、七海をいじるのが好きみたい。

わたしは会話の意味がよくわからなくて首をかしげてしまうことが多いけど、ふたりが仲良しなのは十分伝わるからいいやって納得してる。

グラスの半分まで減ったオレンジジュースを再びテーブルに置いて、七海に怒られる前に続きをやろうとシャープペンを持った――直後のこと。

「いーれーてー」

「え」

聞き覚えのある声が聞こえ、わたしたち3人の驚いた声が重なった。

「よ。ひろ」

「え？　な、なんで……」

「なんでって、目が合ったから？」

　から？って、疑問形で聞かれてもわかんないよ。

　頭の中にハテナが浮かんでいるのは、わたしのほう。

　さっき、たまたま店の前を通っただけで、会釈しただけで。

　かと思ったら、どういうわけか芦原くんが店内にやってきた。

　ちらり、芦原くんの横にいる吉良くんに視線を向ければ、「どーも？」とこれまた疑問形であいさつされた。

　あわわわ。高嶺ツインズ、なんか怖い……!!

「何、テスト勉強してんの？」

「え、えっと、うん……」

「うはは、ひろのプリント、バツばっかだ」

「……あっ!?　わあああああ!?」

　授業の最後にやって、15問中２問しか当たっていないバツだらけの小テスト。

　七海に言われて最初から解き直していたところだったから、広げたままにしていたんだった。

　笑われた。

　バカなやつだと思われたに決まってる。

　やだやだ、芦原くんにヘンなところなんか見せたくないのに……！

「テストやばいから、この優等生くんに教えてもらってたってことか」
「うう……」
　バツばかりのプリントと、七海と千花ちゃんの存在からすぐに状況を察したようで、芦原くんが「なるほどなるほど」と頷く。
「これ、テスト期間中ずっとやる予定？」
「う、うん……わたしの頭じゃ追いつかないから……」
「うはは、そっか」
　笑うたびに八重歯が覗く。
　吉良くんからはやたら視線を感じるし、千花ちゃんはこの状況を楽しんでいるようにも見える。
　七海に至っては、なんだかまとうオーラが不機嫌(ふきげん)で――。
「なあ、ひろ。これさ……」
「邪魔(じゃま)しに来たなら帰ってほしいんだけど」
　ぴしゃり、七海がそう言い放つ。
「ちょっと七海、言い方」
「ホントのこと言って何が悪いんだよ」
　千花ちゃんがすかさず指摘するけれど、七海は眉間にシワを寄せたまま。
　七海は伊達(だて)に爽やか王子キャラなわけじゃなくて、根が真面目で誠実だから、芦原くんたちみたいに遅刻したり授業をサボったり、髪を染めたりも当然していない。
　だから、芦原くんや吉良くんとはまるでタイプが違うわけで。

相性ってもちろんあるから、しょうがないことだとは思うけど——。

「邪魔するつもりはねーけど」

「そうは見えないつってんの」

えぇえ、めちゃくちゃ仲悪そう。

とはいえ、言い方がきついと感じたのもたしかだから、芦原くんと吉良くんが気を悪くしてケンカになっちゃったらどうしよう……と、そんなことを考えていると。

「ひろ」

芦原くんが、わたしの名前を呼んだ。

「この勉強会さ、次から俺と茜も混ぜてほしいんだけど、だめ？」

え、と声がこぼれた。芦原くんの言っている意味がわからず、目を瞬かせて数秒かたまる。

次から俺らも混ぜてほしい……とは？

「はあ？　だめに決まって……」

「ひろに聞いてんの、俺は」

七海の言葉を遮(さえぎ)って芦原くんが言葉を続ける。まっすぐ交わった視線に、脈が速まった。

「俺らも、そろそろ真面目にやんないと進級かかってるからさぁ。でもほら、茜とふたりじゃ捗(はかど)んないし」

「な、なるほど……？」

「な。だから、ひろと一緒にやれたらなって」

『ひろと一緒に』

その言葉にキュンとしてしまう。

……って違う違う、それよりも。

ソコウフリョウって、やっぱり進級に関わる問題なんだなぁ。

でもたしかに、芦原くんは遅刻常習犯みたいだから、授業をサボっている機会が多そうだ。

授業の進みがわからなかったらテストもわかるわけないよね。真面目に聞いているわたしですら、赤点に苦しんでるんだし……！

「え、えっと……わたしは……」

芦原くんが悪い人じゃないことを知っているから、だめとは思わない、けど。

「千花ちゃん、は」

「ん！　あたしは全然オッケー！」

ちらり、隣にいた千花ちゃんに目を向けると、すぐにグッと親指を立ててくれた。

さすが千花ちゃん。わたしが言いたいことを察してくれたみたい。

吉良くんはすでに興味なさそうにスマホをいじっていたから、たぶんどっちでもいいのだと思う。

……少し近寄りがたいけれど、怖くはない。

問題は、芦原くんと相性が悪そうな七海だけ。

芦原くんのことを毛嫌いしているみたいだし、相性も悪そうだし、あたりもきついから、説得するのは至難(しなん)の業(わざ)だ。

だけど、七海がいないと教える人がいないから勉強会は成り立たない。

　芦原くんの進級を救うためには、七海がぜったいにいないといけなくて――。

「おい、そんな目で見んな」

「えっ！」

　頭の中でぐるぐると考えていると、七海の低い声でそう言われた。

　そんな目って、どんな目だろう。

　首をかしげると、呆れたようにため息をつかれた。

　えぇえ、なんで。

「……だいたい、進級できなくても自己責任だろ。サボってばっかって噂だし」

「でもほら、七海教えるの上手だし……」

「はぁあ？　おまえ、さっきまで俺の教え方がどうとか言ってただろーが」

「それは七海が厳しいからで！」

　七海がいないとだめなの。

　芦原くんからお願いされたら断る選択肢はないし、わたしの頭じゃ力になれないから。

　頼れるの、七海しかいないんだよ。

「七海……だめ、かな」

「……」

「な、七海の好きなお菓子買うから」

「おい、お菓子で人が釣れると思ってんのかおまえ」

　ぎろ、と睨まれる。

　うう、怖い。七海の瞳とオーラが怖いよ……。

「……むかつく」
「え？」
「なんでわざわざライバルに手を貸すようなことしなきゃなんねーんだよ」
　大きなため息とともに七海がぶつぶつ呟いていたようだけど、声が小さすぎて全然聞き取れなかった。
　聞き返してみるも、「なんでもない」と誤魔化される。
　意外と秘密主義の七海は、中学の時から変わらない。
「七海くん、俺がいると不都合でもあんの？」
「不都合しかねえわ」
「それは七海くんがひろを……」
「黙れしゃべるな不愉快(ふゆかい)」
「うはっ、すげー嫌いじゃん俺のこと」
「好きになることは、この先もないだろーな」
「仲よくしようよ天邪鬼(あまのじゃく)くん」
「誰が天邪鬼だ！」
　けたけた笑う芦原くんと、目を合わせずツンとしている七海。
　ふたりが話している内容はわたしには理解できなかったけれど、気が合わなくても意外に仲良くなれそうなんじゃ？と、心の中で密かに思う。
「おい二瀬」
　名前を呼ばれて視線を移す。
　眉間をシワを寄せたまま、七海がしぶしぶ口を開いた。
「俺はおまえにしか教えねーから」

「えっ」
「……二瀬が自分で芦原に教えるならべつに一緒にやってもいい」
　七海って、やっぱりなんだかんだ優しい。
　七海はこれまでどおりわたしに勉強を教えてくれて、それを今度はわたしが芦原くんに教える。
　そのためにはわたしがちゃんと内容を理解していないといけないってことだから……すごい、相乗効果ってやつだ！
「ありがとう七海！」
「べつに。まあ二瀬の頭で人に教えられるとは思えな……」
「よしっ、わたしがんばる！」
　いつもは七海に教えてもらっても赤点回避できるかギリギリのラインにいるわたしだけど、芦原くんの力になりたいから、今回はいつも以上にがんばらなきゃ！
　胸の前でグッと拳(こぶし)を握りしめて意気込む。
　七海はくしゃくしゃと髪をかくと、
「ホントムカつくわ、おまえ」
　と小さく呟いていた。
　わたしのこと嫌いなくせに、なんだかんだ面倒見がいいんだよね。優しいなぁ、本当に。
　七海がいいやつだってこと、ちゃんと知ってるからね。
「……というわけなので、芦原くん、一緒にがんば……っわ、」
「やった。ありがと、ひろ」

　ふいに、芦原くんに頭を撫でられる。
「がんばろーな、テスト」
　温かくて大きな手には、やっぱり安心感があった。
「ねえ、千花ちゃん」
「わ、吉良くん。あたしの名前知ってたんだ、うれしい」
「呼ばれてたから」
「なるほど」
「あのさ、七海くんってだいぶバカなの？」
「えー？」
「いや、だって考えてみ。あの子に教えさせたら玲於とあの子の接点が増えるだけで、七海くんめちゃくちゃ不利じゃん」
「それはあたしも思ったけど！　でもね、そのバカさが七海のいいところでもあるんだよねぇ……」
「ふーん？　察した感じ、大変そうだね。とりあえず応援（おうえん）しとく」
「あはは、テキトーだなぁ。でもありがと！」
　そんなこんなで、５人で過ごすテスト期間が始まった。

「じゃあ、芦原くんもひろもまた明日ね！　気をつけて帰ってね」
「うん、千花ちゃんも」
「ひろ、七海くんにもバイバイしてやって」
「へ？　あ、七海もまた明日」
「……おー」

「七海よかったねぇ」
「っ何がだよ、うるせーな！」
　放課後、芦原くんと吉良くんを交えて勉強会をするのが日課になってから月日はあっという間に流れ、テスト前日。
　しがない高校生のわたしたちは毎日ファミレスで勉強するほどお金持ちでもないわけで、勉強会はC組の教室でやることに決めた。
　始めのころは、高嶺の問題児のふたりとわたしたちが一緒に勉強をしている光景はかなり不思議がられていたけれど、3日目あたりからはだんだんまわりも見慣れてきたのか、物珍しそうな視線は減っていった。
　芦原くんたちがいない時に、
「いつの間に仲良くなったの？」
「そういえば前も絡まれてたよね!?」
　と、クラスメイトの女子たちから質問攻(ぜ)めに合うこともあるけれど、わたしが想像していたようなイヤがらせなどはまだされてないから、なんとか安心だ。
　千花ちゃんはバス、七海は自転車通学なので、必然的に電車通学のわたしと芦原くんが一緒に帰る流れが日課になりつつあった。
　吉良くんと芦原くんは同じマンションに住んでいる幼なじみとのことで、吉良くんも本来は電車通学なはずなんだけど、バイトやほかの用事があるとかなんとかで、帰り道はいつも芦原くんとふたりきり。
「俺らも帰ろーぜ、ひろ」

「あっ、うん」

千花ちゃんと七海とバイバイを交わしてすぐ、芦原くんと肩を並べて歩き出す。

芦原くんは話をするのも聞くのも上手。

ふたりきりになるとまだ緊張はするものの、会話が弾む分一緒にいてまったく疲れないから楽だ。

「てかひろ、数Ⅱ結構できるようになってたじゃん。このままなら赤点回避できるんじゃね？」

「それは七海と芦原くんが教えてくれたから……」

「うはは。七海くんは、たしかにずっと厳しかったからなぁ」

芦原くんは、自分から提案したこともあってか毎日ちゃんと勉強会に参加してくれていた。

吉良くんの出席率が60%なのに対して芦原くんは100%で、意外にも皆勤賞。

遅刻もサボリも常習犯の問題児で、進級がかかっている芦原くん。

だから勝手にあまり頭はよくなくて、ちゃんと勉強して本気で赤点回避したいんだろうなって思っていたのに、まったくそんなことはなかった。

というのも、芦原くんは単に極度のめんどくさがり屋というだけなのだ。

今日だって、わたしが数学の問題につまずいていたら、

「そこ、さっきの問題と同じ解き方でいけると思う」

なんて助言してくれて、実際答えにたどりつけたし。

わたしが芦原くんに教えるぞ！と意気込んでいたのに、

教えられたのはわたしのほうだった。
　頭は悪くないのに、めんどくさがってやらないから進級問題に直面しているだけ。
　わたしと一緒に勉強しなくたってちゃんとやれば赤点回避なんて余裕なのに、どうして勉強会しようなんて言ってきたのかな。
　なんて、そんなことを考えていると。
「がんばるのはいいことだけど、ちゃんと寝ないとだめな。目の下うっすらクマできてる」
「っ」
　そっと目の下を撫でられて、反射的に肩を揺らした。
　……芦原くんの悪いクセ。
　芦原くんは気にしていないだろうけど、慣れていないわたしは毎回びっくりして、ドキドキして、心臓が壊（こわ）れそうになるんだ。
　勉強会の時も、意外とごつごつしている指とか、ときどき香る芦原くんの柔軟剤の香りとか。
　気になって、全然集中できない時もあった。
　だけど芦原くんにバレたら恥ずかしいし、七海にも怒られちゃうと思って、家に帰ってからひとりで復習もたくさんした。
　寝不足なのは自己責任で――だけどちょっとだけ、
「……芦原くんのせいだもん」
　ぽろり。こぼれた声にハッとするも、芦原くんにはちゃんと聞こえていなかったようで「なんか言ったー？」と首をかしげられた。

　……ほっ。

　よかった、聞かれてたらどうしようかと思った。

「な、なんでもないよ！」

「そ？」

　ぶんぶんと首を横に振って誤魔化す。

　芦原くんは「気になるー」なんて言っていたけれど、それ以上深く追及してくることはなかった。

　明日からテストが始まる。

　まさか芦原くんと一緒に勉強することになるとは思っていなかったけれど、話す機会が増えて楽しかったし、勉強もいつにも増してがんばった自覚がある。

　このままいけば赤点も取らずに済むかもしれない。

　それから、それから。

　もしこれから芦原くんとの関係を聞かれたら、顔見知りじゃなくて「友達」って呼んでもいいかな……なんて。

「なあひろ、今から少し時間ある？」

「え？」

　芦原くんと過ごすテスト期間も、肩を並べて歩く帰り道も、今日で終わり。

　名残惜（なごりお）しいって思うのは──わたしだけ、だから。

「ちょっとだけ、寄り道しよ」

　芦原くんの言葉に、深い意味なんてないんだと思う。

「芦原くん、どこ行くの？」

「ん？　キレーなとこ」
「キレーなとこ……？」
　寄り道しようと言われ、芦原くんのあとに続いて駅とは真逆の方向に歩き出す。
　どこに向かっているかわからなくて聞いてみるも、「いいからついてきて」と言うばかりで芦原くんは曖昧な情報しか教えてくれなかった。
　ドキドキとワクワクが交差する。
「てか、最近急に寒くなったよなぁ。もう冬だ」
「そうだね……」
　両手を合わせて口を覆い、指先を温めるように息を吐くと、白い息はあっという間に空気に溶けていった。
　もうそろそろコートを出さなきゃなぁ。いつでも使えるように手袋とマフラーも準備しておかないと。
「ひろ、鼻赤くなってる。寒い？　大丈夫そう？」
「うん。冬、気温低いと鼻すぐ赤くなっちゃうだけ……」
「これ着てな」
「っわ……!?」
　ふいに、芦原くんは着ていた上着を脱ぐと、わたしの肩にかけてくれた。
　芦原くんの優しい香りが鼻腔をくすぐる。
「それ、裏起毛だからめっちゃあったけーよ」
「えっ、い、いいよ！　芦原くん寒くなっちゃう」
「へーキだって。それより、ひろにはちょっとデカすぎるけど、これはこれでかわいーね」

芦原くんは、女の子との距離が普段から近いから何も考えずに言っているのかもしれないけれど、わたしはかわいいなんて言われ慣れていないわけで。

落とされた言葉に「あ、う、えっと……」と言葉を詰まらせると、芦原くんは八重歯を見せて笑った。

心臓がきゅうっとなる。

痛いとか苦しいとかじゃなくて、まだ名前がついていない感情が押し寄せてくる感じ。

もどかしくて、照れくさい。

「じゃ、じゃあ、寒くなったら言ってね。返すから……！」

「俺そんな寒がりじゃねーよ？」

「だめだよ！　わたしばっかりあったかくて──っ」

言葉を遮るように、ぎゅっと手を握られた。

芦原くんの体温が伝わってくる。

「こうしてれば俺もあったかいし大丈夫」

「っ」

「ひろの手、ちっちぇー」

……こんなの、ずるすぎるよ。

ドキドキしないわけがないもん。

芦原くんは、いったいどんな気持ちでわたしに触れているのかな。

バクバクと音を立てる心臓の音が、つながれた手を通じて芦原くんに伝わっていたらどうしようとか、手汗がぶわあってなってたらどうしようとか、考えることはいろいろあるはずなのに。

手のひらから伝わる温度がどこか心地よくて、同じように握り返すと、ふ、と軽く笑われた。
「あ……芦原くん」
「ん」
「……ありがとう……」
火照る顔を見られないようにと、借りたパーカーで口元を隠すように俯く。
「ふ。うん、どういたしまして」
芦原くんの優しい声が落ちていった。

「わ……！　きれい……」
「な。先週たまたま見つけて、きれいだなーって思って」
それから数分後。
芦原くんと手をつないだまま連れてこられたのは、駅から少し離れた街並みを彩（いろど）るイルミネーションだった。
大通りじゃない分、人通りは少ないけれど、ゆっくり堪能（たんのう）できてちょうどいい穴場だ。
明日にテストを控え、疲れもピークに達していたけれど、一足早くイルミネーションが見られて一気に気持ちが晴れやかになった。
「芦原くん、連れてきてくれてありがとうっ」
語尾を弾ませてお礼を言うと、満足げに微笑（ほほえ）まれる。
「ひろ、イルミネーションとか好きだった？」
「うん、好き！　きらきらしたもの、つい目がいっちゃうの」
クリスマスシーズンはとくに、街中がきらきらしているから大好き。

寒さに勝るかわいさがあるんだ。歩くだけでわくわくするし楽しいもんね。

「毎年、駅前のイルミネーションは千花ちゃんと行ってるよ」

「ふうん。今年も？」

「え？　あ、まだ約束はしてないけどたぶん今年も……」

「じゃあ、今年は俺が先約してもいい？」

たぶん今年も、千花ちゃんと行くことになると思う。

そんなわたしの言葉を待たずに、芦原くんが言った。

イルミネーションから目を離し、パッと顔を上げる。色とりどりの光に照らされた横顔が、やけにきれいだった。

「……え？」

「俺もひろと行きたいって思ったから。だめ？」

関わる機会が増えるたびに、芦原くんのことがわからなくなる。

芦原くんがわたしにかまうのは、面白がっているだけ。からかいたいだけ。

そう……だよね？

わかってるのに、断れないのは。

──断りたくないのは。

「……だめじゃない」

「お」

「……芦原くんと一緒に見に行きたい」

芦原くんといると、頭で考えていることとは裏腹なことばかり言ってしまう。

　恥ずかしくなって俯くと、ぽん、と頭の上に手を乗せられた。

「やった。うれしい」

　笑うと少しだけ幼くなる芦原くんの笑顔が、やっぱりかわいい、と思った。

「そろそろ帰るかぁ」

　しばらくイルミネーションを眺めたあと、芦原くんが言った。「明日テストだしな」とつけ加えられて、わたしは曖昧に頷く。

　……本当はまだ帰りたくない。

　テスト勉強も毎日一緒にして、イルミネーションに一緒に行く約束もして。

　十分すぎるくらい同じ時間を過ごしたのにバイバイするのが恋しいなんて、わがままますぎる……けど。

「……ひろ？」

　なかなか動こうとしないわたしを不審（ふしん）に思った芦原くんが、顔を覗き込んでくる。

　手が離れそうになった瞬間、反射的にキュッと力を込めてしまった。

　芦原くんと一緒にいると感覚が狂うの。

　まだ手を離したくない。一緒にいたい。

　そんなわがまま、おかしいのに。

「……もう少し、だけ」

　ちらり。俯いていた顔を上げて芦原くんを見ると、芦原くんは驚いたように肩を揺らした。
　それから。
「……それは反則じゃね？」
「え――っ……」
　わたしには聞こえないくらいの小さな声で何かを呟いたあと――わたしたちの距離がゼロになった。
　目を閉じる暇もなかった。芦原くんのきれいな顔が視界を埋めている。
　唇から伝わる熱が、現実を連れてくる。
　一瞬だけ触れ合ったのは――たしかに芦原くんの唇だった。
　キスされた。
　わたし今、芦原くんとキスした。
「……前にも言ったけど、ひろのこと見てると汚したくなるんだって。なんか、ムショーに」
「っ……」
「あんまかわいいことしないで。心臓持ってかれるかと思った」
　ふは、と困ったように笑った芦原くんが、くしゃくしゃと金色の髪をかく。
「今みたいなやつ、俺以外にしちゃだめね」
「……」
「わがままだってわかってるけど、許してよ」
　ぽんぽん……と優しく頭を撫でられ、わたしは顔を隠すように俯いた。

　心臓を持っていかれそうになってるのは、最初からわたしのほう。

「もうだめ。帰ろ」

「……うん……」

「もー……寒いのになんか暑くなってきた」

　わたしがわがままを口走ってしまった理由も、芦原くんのわがままの真意も、なんにもわかんないけど——。

「なかったことになんかすんなよ、ひろ」

　芦原くんからもらった熱は、たしかに残っていた。

触れたいのはあの子だけ

【玲於side】

――最近、俺はどうもヘンだ。

「れーお」

「んー」

「ずーっとそうしてるけど、お昼食べないのぉ？」

昼休み。お昼ご飯を食べずに机に突っ伏していた俺にそんな声がかけられた。

顔を上げずに曖昧な返事をする。

語尾が伸びる独特なゆるい喋り方をするのは、クラスメイトの赤城。１年のころ、同じ遅刻仲間として通ずるものがあって絡むようになった。

女の子はべつに苦手じゃない。

そりゃあ、ずっと険しい顔をしている人より優しくてフレンドリーな人のほうが愛嬌があるし、好感度も上がるわけで。

女の子はとくに、昔から俺の顔が好きだって告白してくる子が多いから、当たり障りなく告白を断って“友達”として関わるほうが、俺にとっても何かと都合がいい。

優しくした分だけ、優しさで返してくれる人がほとんどだから。

なるべく人に優しくフレンドリーに。

――って意識して生きてたら、いつの間にか“女の子は来るもの拒(こば)まず”みたいなイメージがついてしまった。

実際のところ、俺は不特定多数と友達以上の関係を持ったことはない。一応彼女(かのじょ)がいた時期もあったけれど、その時は彼女としか関係は持っていなかった。

……ひとりをトクベツに思うほど好きになれなくて、どれも長続きはしなかったけど。

もともと朝が苦手で遅刻ばっかりしていたし、高校に入る時にノリで染めた金髪も相(あい)まって『ソコウフリョウの人』として認識されちゃったから、否定するのも面倒だしじゃあもういいかーって、諦(あきら)めた。

幼なじみでいつも一緒に行動している茜も俺と似たような感じだから、『高嶺の問題児』なんて呼び名がついているけれど、蓋を開ければただのソコウフリョウなだけだ。

「なんかぼーっとしてんじゃん。なぁに、考え事？」

「んー……や」

……考え事、ねえ。

赤城に言われてふと頭に浮かんだのは、顔を赤らめて潤(うる)んだ瞳で俺を見上げるひろの顔だった。

いやいや。今思い出してみても、やっぱりあの顔は反則だよなあ。

手握って離さないし上目づかいするし……まだ帰りたくないって顔、してた。

イルミネーションを見たあと、どうしようもなくかわいくて、離したくなくて――衝動的(しょうどうてき)に、ひろの唇にキスをした。

雨の日、ひろに声をかけたのはほんの好奇心だった。

お願いしたらなんでも『イエス』って言いそうで、ぜったい人より損して生きてそうないい子ちゃん。

からかったら楽しそうだなーって、俺のイタズラ心が疼(うず)いただけ。

あんまり目立たないタイプだけど、よく見たら顔も結構かわいいし、色白で、華奢(きゃしゃ)で……なんか、ピュアすぎて汚したくなる。

その程度の気持ちで関わり始めたはずだった。

それなのに、お菓子をあげたら“ぱあ”って表情を明るくさせたり、真面目そうな見た目なのにじつは勉強ができないところがかわいい……なんて思ったり。

ひろといると、胸のあたりがキュッとなる。痛いとか苦しいとかじゃない、今まで体験したことのない感じ。

……いやいや、まさかな。

何回か、ちょっかい出してみただけだし。

かわいいって思うのも、俺だけにいろんな表情を見せてほしいって思うのも、ただの気まぐれなはず。

「あー……」

体を起こし、グシャグシャと髪をかく。

わかんねえ。

女の子に慣れてないわけじゃないのに、ひろだけがトクベツに見えるのはなんでなんだ。

「やぁだ、玲於が悩(なや)んでる。雪降りそー」

「雪はそろそろ降ってもおかしくない時期じゃね？」

「あはっ、たしかにー！」
　前の席に座っていた茜が赤城に適切な突っ込みを入れる声をぼんやりと聞きながら、はあ……とため息をつく。
　雪が降るくらいで解決できるなら万々歳だ。
「あ、玲於」
「ん？」
「髪、ここ変になって……」
　――パシッ。
　スッと伸びてきた赤城の手を、反射的に振り払う。
「……えぇ～？」
　パチパチと瞬きをする赤城。茜も驚いたように俺を見ている。
　何してんだ、どうしたんだ、俺。
　赤城が俺に触れてくるのはわりと日常的なことで、これまで何度もあったことだ。距離近いな……と思うことはあってもその程度で、拒否する程度じゃなかった。
「……悪い」
「んん、いいよぉ。気にしてなーい」
　すぐに謝ると、赤城は変わらないトーンでそう言って笑った。
　赤城のこういうところが、友達として長続きできる理由なのかもしれない。
「なぁんか、玲於の中で変化が起きたのかもね？」
「変化だぁ？」
「そうそう～。てか、それは玲於が知ってるんじゃないの？

あたしは知らないけどぉ」

赤城は「あたし席戻るねぇ〜」と相変わらず語尾を伸ばして言うと、ひらひらと手を振りながら自分の席に戻っていった。

俺の中で変化ってなんだよ。

――ひろ以外に触られたくない、なんて。

意味わかんねーだろ、俺。

そんなことを思いながら、赤城に触れられるはずだった髪を払って直す。

「珍しく本気なんじゃん？　二瀬ひろに」

すると、スマホから目を離した茜が言った。心なしか笑われている……ような気がする。

なんで何も言ってないのに、思い浮かべてるのがひろだってバレバレなんだ。

そんなにわかりやすいのか、俺って。

「……そういうんじゃねーから。たぶん、わかんないけど」

「いやそれ、黒寄りのグレーじゃん」

「うるせーって」

「はは。まあ、おれは応援してるよ、玲於のこと」

「……うぜー。俺、購買（こうばい）行ってくるわ」

ニヤニヤする茜から逃げるように、俺は席を立つ。

――珍しく本気なんじゃん？　二瀬ひろに。

……だとしたら単純すぎるだろ、俺。

脳内で繰り返される茜の言葉に首を振り、俺は購買に向かった。

どうしてか物足りない

「あっ！」
　時は12月上旬。
　放課後、昇降口を出ようとしたタイミングで千花ちゃんが思い出したように声を上げた。
　履いたばかりのローファーから視線を移すと、千花ちゃんはわかりやすく顔を歪ませていた。
「数学のノート出し忘れたぁ……最悪、靴履いちゃったじゃん……」
「取りに戻ろうか？　一緒に行くよ」
「えーん、ごめんねぇえ。ありがとう、でもひとりで大丈夫！　すぐ行ってくるから、ひろはここで待ってて！」
　今日中に提出の数学のノート。
　本当は昨日までの期限だったけれど、数学の先生は優しいから、トクベツに今日の放課後まで待ってくれることになったんだ。
　千花ちゃんはいつもはしっかり者だけど、ときどき抜けちゃうことがあって……それがたまたま今日だったみたい。
「５分で戻るねぇえ！」
「はあい。急がなくていいよー」
　もう一度上履きに履き替え、すぐに走り出した千花ちゃんの背中に声をかける。

わたしはもうローファーに履き替えちゃったし、昇降口を出て待っていよう。

１週間前、長かった地獄のテスト期間が終わった。

七海のスパルタ指導と芦原くんの優しい助言もあって、わたしはなんとか全教科赤点を回避することができたわけ、なんだけど。

一緒にテスト勉強をしたのが幻(まぼろし)かのように、テストが終わってから芦原くんとは関わる機会がなくなってしまったのだった。

……やっぱり、一緒にイルミネーションを見たあの日のことが原因だろうか。

手をつないで帰った。

一緒に大きなイルミネーションを見る約束をした。

──芦原くんとキスをした。

幻なんかじゃない。

わたしが今まで経験したことのない熱が、芦原くんから伝わってきたから。

『なかったことになんかすんなよ、ひろ』

芦原くんがそう言ったのに──まるでわたしを避(さ)けているみたいに、芦原くんが絡んでこなくなった。

クラスは違うし、普段から一方的に見かけるばかりだったから何も不自然なことじゃないのに、どうしてこんなに気になってしまうんだろう。

芦原くんと関わる前までは普通だったことに寂(さび)しさを感じるなんてヘンなのに。

付き合ってもなければ好き同士でもない芦原くんとキスをした……なんて言ったらどんな反応が返ってくるかわからなくて、千花ちゃんには何も相談できずにいた。

あの日、どうしてわがままなんか言っちゃったんだろう。正気じゃなかった。取り消せるなら、あの日あったこと全部抹消(まっしょう)してしまいたい。

気にしてるのは、わたしだけなのかな。

相手は高嶺の問題児。キスなんてスキンシップにすぎないのかもしれない。

何より、芦原くんのまわりにはいつもクラスメイトとみられる女の子がそばにいるわけで。

わたしにかまっていたのはただの気まぐれだって、何度も自覚してきたつもりなのに――芦原くんと同じクラスの女の子たちを羨(うらや)ましいと思ってしまうなんて、おかしいじゃないか。

「あれ？　もしかしてさ、玲於と一緒に勉強してた子じゃない？」

そんなことを考えていたわたしに、ふいに声がかけられた。

釣られるように顔を上げると、そこにはかわいい顔をした小柄(こがら)な女の子がひとり。

どこかで見たことあるようなないような――あ。

芦原くんと吉良くんと、いつも一緒に行動しているD組の子だ。

『玲於』

　わたしにはできないその呼び方に、少しだけ胸が痛んだ。
　ミルクティーベージュの軽くウエーブがかった髪に、パーツひとつひとつがかわいい顔。
　高嶺の問題児のふたりと並んでもまったく違和感がない、派手な雰囲気がある。
「やっぱりそうだぁ。うんうんなるほど、かわいいね。ご愛嬌って感じする！」
「え、えっと……？」
「名前なんていうの？　あたしは琴美！　赤城琴美っていうの！」
　ぐいぐい来る赤城さんに圧倒されつつも「に、二瀬ひろです……」と小さな声で返す。
「ひろちゃんかぁ！　かわいい！」
　何に向けられているのかわからない「かわいい」をもらい、わたしは苦笑いを浮かべることしかできなかった。
「ね。ひろちゃんって玲於とどういう関係〜？」
「え」
　唐突な質問に肩を揺らした。
　どういう関係……とは？
　高嶺の問題児のふたりと勉強会をしていたことで、わたしと千花ちゃんの存在がほかのクラスに広まっていることはたしかだったけれど、こうして直接聞いてくる人は今までひとりもいなかった。
　芦原くんと、わたしの関係。
　そんなの、わたしがいちばん聞いてみたいよ。

友達でいいのかな。でも、友達同士ってキスしないし、芦原くんとはあの日——キスをされた日以来、話してもいなかった。

曖昧な反応ばかりのわたしに、赤城さんが言葉を続ける。

「最近の玲於、前より付き合い悪くなったんだよねぇ」

「……え？」

「前までは放課後も遊んでくれてたし、あたしのこと拒否しなかったんだけどなぁ……」

芦原くんの付き合いが悪い、なんて。そんなはずあるわけがない。

だって、わたしが校内で芦原くんを見かける時はいつも吉良くんと一緒にいて、そのまわりには赤城さんをはじめとする、かわいい女の子がたくさんいたんだもん。

羨ましいと思っていた。

わたしも赤城さんみたいに派手でかわいかったら、芦原くんと毎日話せていたのかなとか、心の中ではないものねだりばっかりだった。

ふたりは、どういう関係なのだろうか。

付き合ってるようには見えないけれど、距離が近いことはたしかだ。

『遊んでくれてた』って、純粋な意味？

『拒否しなかった』ころは、どこまで触れたことがあるのかな。

「毎日、勉強会に行くって言って、あたしらと全然遊んでくれなかったんだよぉ。玲於、もともと頭いいし、勉強しなくたって本気でやれば赤点なんか取らないのにヘンだなって」
「……そうなんですか？」
「うんうん。そしたら、ひろちゃんと一緒にいたからびっくりしちゃった。玲於の好きそうな感じじゃないから不思議だなって思ってたんだけど……」
　──ドキ。
　っていやいや、なんでドキドキしなくちゃいけないんだ、わたしが。
　何もない。ただの友達。同級生。
　そうはっきり言うだけでいいのに、赤城さんから聞いた芦原くんの情報が気になって仕方がない。
　やっぱり芦原くんって頭よかったんだ。
　じゃあどうして、わざわざわたしたちと一緒にやろうなんて言ってきたのかな。
　芦原くんの好きそうな女の子って、どんなタイプ？
　どうしてわたしのこと気にかけてくれるんだろう。
　前より赤城さんたちとの付き合いが悪くなったのはどうして？
「ねえ。ひろちゃんって玲於と付き合ってるの？」
　付き合ってない。
　じゃあ、──付き合ってないのにドキドキしたりモヤモヤする理由は？
「だってさ、やっぱり気になっちゃう。玲於がひろちゃんみたいな真面目な子にかまうなんて意外すぎるし」

赤城さんは、芦原くんのことが好きなのだろうか。
どう返事をしていいかわからなくて、下唇をキュッと噛んで俯く。
……すると。
「なーにしてんの赤城」
そんなタイミングで、聞き覚えのある声が聞こえた。
「あ。茜！」
「ビビられてんじゃねーの？　勝手に絡むと玲於に怒られんぞ」
「ビビらせてないよぉ!?」
やってきたのは吉良くんだった。
ふあ……とだるそうに欠伸をしながら、「はたから見たらカツアゲ」と呟いている。
目が合うと、「よ」と短く挨拶をされた。
慌てて、わたしもぺこりと頭を下げる。
「気になるなら玲於に聞いたほうがはえーだろ」
「だって〜、玲於教えてくれないんだもん。気になるじゃんか、玲於のお気に入り！　ビビらせるつもりはなかったんだよ？」
「赤城は顔の圧が怖いんだわ。せめてその赤リップ取ってからにしな」
「だめ！　この色じゃないと、あたしじゃないもん！」
「あそ」
「あからさまに興味なさそうにしないでよぉ！　この話振ったの茜なんだけど！」

やりとりを見る限り、ふたりは仲がよさそうだ。
むうっと唇を尖らせる赤城さんはすごくかわいくて、同姓のわたしでもドキっとしちゃうくらい。
「つーか赤城、おまえ今日彼氏いいの？　待ってんじゃねーの」
「少し遅れるって連絡来てたの！　茜に言われなくても帰るし！」
「じゃあな」
「早く帰れよみたいな顔しないでってば！」
吉良くんが赤城さんにひらひらと手を振る。赤城さんは「茜、ホント冷たい！」と文句を言いながらも靴を履き替えていた。
「ひろちゃん、突然ごめんね！」
「あ、え……」
「ビビらそうとかしてなくて。ただホントに、あの玲於が気に入ってる子が気になっただけなの。また話そうね！」
そう言って、赤城さんはその場を去ってしまった。
嵐のような女の子だった。いろいろ聞かれたはずなのに、わたしはひとつもまともに返せなかった。
遠くで揺れるウェーブを見つめながら、はあ……とため息をつく。
「赤城、大学生の彼氏いるんだよね」
ふと、吉良くんからそんな言葉をかけられた。
唐突すぎて意味が理解できず無言で首をかしげるわたしに、吉良くんは続ける。

「幼なじみなんだって。片想い歴10年って言ってたっけな」
「え、えっと……何を」
「玲於とは何にもないから安心していいよってこと。あと、玲於に彼女もいない」
「……えっ!?」
　思わず大きな声が出る。
　「なんか気にしてるっぽいから」とつけ加えられて、ぽぽぽ……と顔が火照っていくのを感じた。
　赤城さんと芦原くんの関係性を気にしていたのは本当だけど、それを顔に出しているつもりはなかった。
　自分で気づいていないだけで、そんなにわかりやすかったのだろうか。
　赤城さんに彼氏がいて、芦原くんに彼女がいなくて……ほっとしたの。
　吉良くんとは、テスト期間から通してもそこまでまともに会話をした試しはなかった。
　芦原くんとふたりきりになることはあっても、吉良くんとふたりで話す機会はあまりなくて、そうこうしているうちにテスト期間が終わってしまったのだ。
　とはいえ、いざふたりきりになると、何を話していいかわからず気まずい。
　わたしと芦原くんの間に起きていた事情を知っているか否かはわからないけれど、なんとなくすべてを見透(みす)かされているような気もするわけで——。
「なぁ。玲於ってさ、じつはキスすんの嫌いなんだよ」

　吉良くんが、変わらないトーンで言った。

　ぱちぱちと瞬きをする。

「玲於ってモテるし、前まではそれなりに彼女がいたりもしたんだけどね。キスしたいとか、触りたいとか、そういうの思えないんだってよ。ホントに男かよ？って思うよな、フツーに」

「え……」

「歴代の彼女と別れた原因は全部それ。いろいろ噂もあるけど、玲於が否定しないから浸透しただけだし」

　吉良くんの言葉に、頭が全然追いつかない。

「玲於のこと好きになった女、口をそろえて言うんだよ、『芦原くんって基本距離近いのに思わせぶりだよね』って。まあ、思わせぶりっつーか、優しいだけなんだけど」

「……」

「玲於、ああ見えてちゃんと線引きしてるし」

　わたしが知っている芦原くんの情報じゃない。

　そのはずなのに、ストン、とわたしの中にそれらの情報が溶けていく気がするのは。

「玲於が二瀬さんにこだわる理由って、なんなんだろーね？」

　――単なる自惚れ、だろうか。

「玲於、いいやつだよ。おれからもおすすめしとく」

「え……」

「じゃ、それだけだから。気をつけて帰んなよ」

　そう言うと、吉良くんはまたひとつふあ……と欠伸を落として歩いていってしまった。

取り残されたわたしの脳内で、吉良くんから言われた言葉がリピートしている。

「ひろ、ごめんお待たせ！……って、ええ？　どしたぁ!?」

「わかんない……」

「うへぇ？　あたしもわかんないよ……？」

ようやく戻ってきた千花ちゃんが、うなだれるわたしを見て混乱している。

わかんない。

全然わかんないよ、芦原くんのこと。

女の子に優しいけどちゃんと線引きしてて、彼女がいなくて——触れ合うことが嫌いな芦原くん。

そんなきみが——わたしにキスしたのは、どうして？

「……やだ……」

「えっ!?　あたし!?」

千花ちゃんのことがイヤなんじゃない。

大好きだよ、むしろ。

違うの千花ちゃん、そうじゃないの。

芦原くんのことばっかり考えてドキドキしたり不安になったりするわたしが、まるで芦原くんに期待しているみたいで——恥ずかしくて、イヤなの。

これ以上、わたしの脳内まで侵食（しんしょく）しないでほしいよ。

この熱が夢じゃないなら

「あ、七海。お願いあるんだけど」
　とある日の昼休み。
　わたしの席の横を通りがかった七海を、千花ちゃんが呼び止める。「ん？」という短い返事のあと、千花ちゃんが続きを紡いだ。
「ご飯食べたら、課題の答え見せてほしいんだけどいい？　一応解(と)いたんだけど合ってるか不安で。今日、当たる日なの～」
「いーけど。昨日ってそんな難しい問題あったっけ」
「うわぁ、七海ってなんかいつも一言余計だよね」
「はあ？　どこが」
「気づいてないあたりもだめ。そんなんだから好きな人ひとり落とせないんだよ」
「ばっ……それ、今は関係ねえだろ！」
　５時間目に控えている数Ⅱの授業。
　前回出された課題の答え合わせから入るのが基本で、当たる人は事前に先生が勝手に割り当てる仕組み。
　七海に答え合わせしてもらうと確実に正解だから、クラスメイトの前で間違えなくて済むんだよね。
　千花ちゃんと七海の、いつもと変わらないやりとりを眺めながらサラダを口に運ぶ。
　今日は朝からあんまりお腹がすいていなかったから、お昼は野菜ジュースとサラダだけにしたんだ。

……体も、なんとなく気だるい感じ。

今日は好きな漫画(まんが)の発売日だから本屋に寄って帰ろうと思っていたけど、諦めてまっすぐ帰ろうかな。

……と、そんなことを考えていると。

「おい二瀬」

「え？　……っ、ひゃ」

ふいに七海の手が伸びてきて、わたしの額に触れた。

「やっぱな。熱あんじゃん」

七海の手が冷たいのか、わたしのおでこが熱いのかわからなくなる。

千花ちゃんも「えっ嘘!?」と焦ったように声を上げ、わたしの頬に触れた。

「わ！　ホントだ。あっつ！　具合悪いなら無理しちゃだめだよひろ！」

「ご、ごめん……？」

「もー！　なんで言ってくんないのぉ！　気づかなかったあたしも悪いけど！」

「千花ちゃんは悪くないよ……」

「保健室行くよ！」

今朝気だるかったのも食欲がわかなかったのも、気のせいじゃなくて熱のせいだったみたいだ。

あとは、午後の授業だけだからべつに大丈夫。

そう言いかけたら、七海にものすごい形相で睨まれ、千花ちゃんには「だめっ！」と怒られてしまった。

「少し寝たら、様子見て早退しましょうか」
「すみません……」
「いいのよ。ひとまず、ゆっくり休みなさい」
千花ちゃんと七海に、保健室へ強制連行されたわたし。
養護教諭の中田先生は職員室に用があるとかで、わたしをベッドに寝かせると、そう言って保健室を出ていった。
静けさに包まれる空間。
白い天井を見つめながら、数分前の出来事を思い返す。
『ごめんねふたりとも、ありが……』
『ホントだよな。なに我慢(がまん)してんだ体調管理もまともにできないのかよバカかおまえは』
『ちょっと七海！　病人に言いすぎ！』
『だいたい、永野も気づくの遅すぎなんだよな。こんなに顔赤くて死にそうになってんのに、なんで気づかねーんだよバカかよ』
『はぁあ!?　逆にそんなにひろのことばっかり見てるならなんでもっと早く言わないわけ!?　ポンコツ天邪鬼！』
『は!?　おま……っ』
『永野さんも七海くんもうるさいわよ〜ふふ、もう教室に戻りなさいね、ふふ』
中田先生の静かで穏やかな笑顔が逆に怖くて、ふたりはすぐに言い合いをやめて教室に戻っていった。
それにしても、七海はよく熱があることに気づいてくれたなぁ。
わたしですら、ちょっと今日は気分がよくないかも、くらいの感覚でいたのに。

思い返せば、中学の時から前髪を切った次の日には、ぜったい気づいてくれていた……ような。

ちょっと切りすぎちゃってオン眉になっちゃった時に「なんかクソガキっぽい」と言われて、わたしの代わりに千花ちゃんが怒ってくれたりしたこともあったな。

なつかしいなぁ……。

熱でぼんやりする頭で昔のことを思い出しているうちに、だんだんと睡魔が襲ってきた。

まぶたが重くなり、布団の温もりが心地よくなってくる。

最近は考え事が多くてあまり眠れない日が続いていたし、そのこともあって体調を崩しやすくなっていたのかもしれない。

『ひろのこと見てると汚したくなる』

『わがままだってわかってるけど、許してよ』

『なかったことになんかすんなよ、ひろ』

ここ最近、ひとりになった時に考えてしまうのは、決まって芦原くんのことだった。

千花ちゃんや七海の手の温度よりずっとずっと熱かった芦原くんの体温を思い出しては、胸がぎゅうっと締めつけられる。

なかったことになんか、できるわけがない。

「……会いたい」

芦原くんに会いたい。

顔を見て話したい。

触れてほしい。

そう思うのは、熱で脳がうかされているせいなのかな。

足音が聞こえて、それからすぐ、近くでシャッとカーテンを開ける音がした。

「……ひろ？」

聞いたことのある声だった。

耳に心地よい低音——芦原くんの声に、よく似ている。

「ん……」

「……ごめん、起こした？」

ふわふわ、ゆらゆら。

最近、芦原くんのことばっかり考えていたから、ついに幻覚（げんかく）まで見るようになっちゃったのかな。

まだ重たいまぶたをゆっくり持ち上げ、ごしごしと目をこする。

「体調悪い？　大丈夫……じゃねーか、ここで寝てんだもんな」

目をこすっても変わらない景色。

目に映り込んだきれいな金髪は、芦原くんの代名詞だ。

芦原くんはカーテンを閉めて中に入ると、カタン……と椅子（いす）を引いてベッド脇（わき）に座った。

歩いた時に切った風が、芦原くんの香りを連れてくる。

やわらかくて優しい、落ちつく匂い。

「うわ、あっつ……」

「っ……」

芦原くんの手のひらが伸びてきて、するりと頬を撫でる。

　それから額、首……と体温を確かめるように指先が触れて、肩を揺らした。
「……いちいちかわいー反応すんの、やめてよ」
「んえ……？」
　芦原くんが困ったように笑っている。
　髪の隙間から覗く耳が少しだけ赤く染まって見えた。
　どこがどんなふうにかわいく映っていたのかわからないけれど、芦原くんに褒められているならなんでもいいや、とそんな気持ちにすらなった。
　芦原くんが保健室にいる理由はなんだろう。
　わたしと同じ体調不良？　サボリ？
　それとも……誰かと待ち合わせ？
　数週間、一方的に見かけていただけだったせいか、こんなに近くで芦原くんを見るのは久しぶり。相変わらず整った顔に胸が鳴る。
「なんかめっちゃ久しぶりに感じる」
「……わ、たしも」
「かわいいな、いつ見ても」
　……ずるいところも変わらない。
　不意打ちは心臓に悪いのに。
　布団で顔を隠すと、「ほら、そういうとことか」と言われた。
　……そういうとこって、どういうとこだろう。
　わたしは、芦原くんの発言も行動も全部ずるいって思うけど。

優しく頭を撫でられる。その感覚は、やっぱり心地がよかった。
「てか、寝てるとこ邪魔してごめんな。俺、隣のベッド行くから」
「……邪魔なんて、思わないよ」
「ひろは優しーからなぁ」
芦原くんはサボリに来るといつもこのベッドを使って寝ているから、その名残でカーテンを開けたらしい。
そういえば、少し前に芦原くんと一緒に保健室でサボった時も同じベッドだったような。
……ていうか、邪魔じゃないって言ったのは優しさじゃないよ、芦原くん。
本当に、邪魔なんて思ってないからそう言ったのに、芦原くんにはうまく伝わっていないみたいだ。
熱が回ってきているのかな。具合が悪い時に人肌(ひとはだ)が恋しくなるのはどうしてなんだろう。
「じゃあお大事に──ん？」
──反射的に、立ち上がろうとした芦原くんのブレザーの裾(すそ)を引っ張った。
芦原くんが驚いたようにぱちぱちと瞬きをしている。
「えー……と、ひろ？　この手は……」
「……もう少し、だけ」
まだ戻らないで、ここにいて。
そんな意味を込めて指先に力を込める。
そう、これは全部熱を出して弱っているせいだ。

　らしくない行動も思考も、芦原くんの温度に安心してしまうのも、全部、熱のせいにしてしまおう。
　そうじゃないと——芦原くんを引きとめた理由が、ほかに必要になってしまうから。
「……なんでそんなかわいいことするかなぁ……」
　保健室は、心臓の音が聞こえているんじゃないかと思うほど静寂に包まれていた。裾を握りしめていたわたしの手を包み込み、離す。
　芦原くんは椅子ではなくベッドに座り直すとくしゃくしゃと襟足をかき、それから　はあ……と大きなため息をついた。
「あのさ、ひろ」
「……」
「一応、俺も間違ってヘンなことしちゃわないように距離とってるんだけど」
　顔の横に手が置かれ、芦原くんの影が近づいてきたと思ったら——こつん、額と額を合わせられた。
　芦原くんの三白眼の中で、わたしが揺れている。
「ひろは熱でふわふわしてるかもだけど、俺はいつもと変わんないんだよ」
「……へ、えっと」
「だから。ひろのこと見てると——悪いことしたくなるんだって」
　——突然のことだった。
「……ん……っ？」

芦原くんの唇が首筋に触れた。

尖った歯が当たっている感覚。

これは――噛みつかれている？

髪の毛が頬に当たってくすぐったい。

首筋には、一瞬ちく……と痛みが走った。初めて味わう感覚に、思わず上ずった声が出る。

「あしはらく……っ、ん」

視界に映る金髪が揺れる。

「うん？」と下から見上げられて、不意打ちの上目づかいに胸が鳴った。

初めは怖いと思っていた三白眼に、いつからドキドキするようになったんだろう。

唇を離した芦原くんが、覆い被(かぶ)さるように顔の横に手をつた。

ドキドキ、バクバク。心臓がおかしくなってる。

きっとからかいたいだけ。

わたしみたいに真面目で目立たなくて優柔不断な子を、自分の思いどおりにしたいだけ。

わたしの反応を見て楽しむ余裕があるくらいには、芦原くんはいつだって上手(うわて)だから。

わかってるの。芦原くんは、わたしに本気になんかなってくれないって。

……だけど、今は。

「……ね。このままキスしたら怒る？」

余裕(よゆう)があるようにはとてもじゃないけど見えなくて。

　絡んだ瞳が――どうしようもなく、わたしを欲しているようで、自惚れてしまいそうになるんだ。

「……お、怒る」

「そ？」

「う……う、そんな顔してもだめっ」

「ひろ、ホントは迷ってるでしょ」

「迷ってないっ」

「そんな真っ赤な顔で言われてもな」

「っこれは熱の……――っ」

　……怒るって言ったのに。

「ん……っ」

　唇を塞がれて、わたしは反射的に目をつぶった。こぼれた息が保健室の静かな空間に落ちる。

　芦原くんとキスをするのはこれで２回目。

　この熱、この感覚。

　どうしたってドキドキしてしまう。

　１回目の時より深くて長いキスは呼吸の仕方がわからなくて、酸欠になりそうになりながら、とっさに芦原くんの制服を掴む。

　そんなわたしの反応を見て芦原くんはぴくりと肩を揺らすと、そのままゆっくり唇を離した。

「……あー、もう。歯止めきかなくなるから、あんま煽んないでよ」

　首筋に顔を埋めるように突然強く抱きしめられて、「っわ、」と声が出た。

保健室、ベッドの上、ふたりきり。

熱が上がってきたのか、キスで酸素が奪われたせいか、ぼーっとして頭が回らなくなってくる。

「……歯止め……」

「ん、そう」

「……きかなくなったら……」

――そしたら、芦原くんはわたしに何をするのかな。

言葉にするのは野暮な気がして、脳内でだけ問いかけ声にはしないまま芦原くんをじいっと見つめている――と。

「ふは。ひろ、その顔わざと？」

「え……んむ」

はむ、と芦原くんに再び唇を食べられた。

……わたしを黙らせたい時に、キスを使うのはずるいと思う。

芦原くんが本当はキスが嫌いだって吉良くんから聞いたばかりだったけれど……こうしてすぐにキスをしてくるし、やっぱり信じられないよ。

「ひろ、真っ赤」

「誰のせいで……っ」

「俺だね。熱じゃなくて俺のせいでしょ？」

ふ……と、うれしそうに笑う芦原くん。

覗いた八重歯は、ついさっきわたしの首筋に立てられたものだ。

思い出してどくん……と心臓が高鳴る。

熱のせい、熱のせい。

──芦原くんからもらった、熱のせい。

……って、だめだめ。

また、わたしばっかり振り回されてる。

「っ、芦原くんは早く授業戻ってください……っ、サボってばっかりよくないもん不真面目だと思う、し」

「引き止めたのひろだけどな」

「も、もう寝るもん…！」

「うはは、ふて寝だ」

バフっと布団を頭から被り、芦原くんに背を向ける。

悔しいけれど、芦原くんの言うとおりこれはふて寝。

……だってこれ以上顔を見ていたら雰囲気に呑(の)まれてヘンなことを口走ってしまいそうな気がしたんだもん。

「拗(す)ねた？」

「……」

「ふは。うん、でも、ひろがかわいかったからしょうがねーわ」

……そんなこと言ったって反応してあげないんだから。

ぎゅっと唇を噛み、目をつぶる。

返事をしないわたしに芦原くんはくすくすと笑っていたけれど、その声はだんだんと小さくなり、少しすると保健室には再び静寂が訪れた。

芦原くんの熱と、もともと熱を帯びていた体温と、それから布団の温かさで、徐々(じょじょ)に睡魔がやってくる。

「……ひろ、寝た？」

意識がぼんやりとし始めたころ。

優しい声が落とされ、釣られるように耳を澄ました。

完全に眠ってはいなかったけれど、さっきの出来事の手前、恥ずかしくて寝たふりをする。

「俺、教室戻るから。ちゃんと休めよ」

寝ているはずのわたしにかけられた声。

それから、起こさないようにと控えめにカーテンを開ける音が聞こえ、布団越しにポンポンと頭を撫でられた。

芦原くんの優しさが詰まっていて胸がぎゅうっとなる。

ここで起きたこと全部、夢じゃなかったよね？

芦原くんにもらった言葉も体温も、熱にうかされた悪い夢じゃなかったよね？

わたしは今、芦原くんにとってどのくらいトクベツになれてるんだろう。

「おやすみ、ひろ」

そんなことを考えるも、優しい声に誘われてわたしは眠りに落ちていった。

「二瀬さん、体調はどう──あら、寝てる間に虫にでも刺されたのかしら。首のところ、赤くなってるわよ」

一眠りして、目を覚ました時の話。

戻ってきた中田先生に指を差されたわたしの首筋には、虫に刺されたというよりは“噛みつかれた”ようなあとがあった。

『ひろのこと見てると──悪いことしたくなるんだって』

脳裏を過った声に、かあっと頬が紅潮していくのがわかる。

「……っだ、大丈夫です……っ」

「顔まだ赤いわね。熱また上がっちゃったのかしらね……」

　虫刺されなんかじゃない。

　芦原くんに、噛みつかれたあとだ。

　首元を手で覆い慌てて誤魔化す。中田先生は熱が下がらないせいだと思ってくれたようで、「ご家族に電話してくるから、早退しましょう」と言っていた。

　……芦原くんのバカ。

　きみのせいで、熱は上がる一方だ。

あの子はまだ気づかない

【玲於side】

「おー、二瀬。ついでにちょっと頼まれ事してくれないか」

「あ、えっと……はい」

「悪いね。これ、数学準備室に運んで、出席番号順に並べてほしいんだ。頼むよ」

「う、はい……」

職員室前の廊下を歩いていたところで、たまたま耳に届いたその会話。

聞き慣れた声に釣られるように視線を向けると、職員室の入り口で、数学教師の岩本(いわもと)がそこにいた女子生徒——ひろに、1クラスの人数分のノートを持たせていた。

……たぶん、週末に出された課題のやつ。

状況から察するに、岩本に授業の質問か何かをしに行ったついでに雑用を押しつけられたのだろう。

岩本って結構そういうところあるし。

うちのクラスの委員長もよく岩本から雑用……しかも、結構めんどくさそうなことを頼まれていたっけ。

俺だったら平気で「めんどくさいんでイヤです」って言っちゃうようなことでも、ひろは人のお願いを断れない真面目ちゃんだから引き受けちゃうわけで。

岩本もそれをわかってるから、ひろとか委員長とかみたいに真面目そうな生徒にばっかり頼み事してるんだろうなって思う。

頭いいっつーか、ずる賢いっつーか。

岩本はひろに「いつも悪いね。よろしく」と軽くお礼を言うと、職員室に戻っていった。

１クラス……だいたい40人分のノートを持たされたひろは、文句ひとつ言う素振りも見せず、重そうなそれを一生懸命抱えながら数学準備室へ向かい出した。

不運だなぁ、ホント。

真面目な子って、ぜったい損してる。

もっと適当に、自分に不利益がないようにうまくやっていけばいいのに。

……って。

少し前まで——ひろに出会う前までの俺だったら、ほったらかして帰ってたんだと思う。

「ひーろ」

名前を呼ぶと、彼女はパッと俺のほうを振り向いた。反動で、長くてきれいな黒髪がなびく。

俺の姿をとらえると、ひろは驚いたように目を見開いた。

「えっ、芦原くん、どうし……」

「それ、俺も手伝う」

歩み寄って、ひろが抱えていたノートを３分の２ほど奪う。

全部持とうと思ったけれど、ひろのことだから『そんなの申し訳ない……！』と言って奪い返してきそうだから、あえて数人分だけ残した。

　と、まあ、そうは言ってもひろが申し訳なさそうに眉を下げるのもわかりきったことで。
「こーいうのは、ふたりでやったほうが早いしさ」
「でっ、でも」
「早く終わらせて、一緒帰ろ」
　「やだ？」と首をかしげて問いかける。
　ひろは途端（とたん）に顔を赤く染めて、キュッと唇を結んだ。
「……やだ、じゃ、ない……」
「ふ、うん。『やだ、じゃ、ない』ならよかった」
　ピュアで無垢（むく）で、悪いことなんか全然知らなそう。男に対しての耐性（たいせい）も弱いみたいだし。
　距離が近ければ近いほど、すぐに顔を赤くして照れる。
　だからイタズラしたくなるし、ひろの表情全部、俺だけのものにしたくなる。
「芦原くんずるい……」
　小さく呟かれたひろの声には、聞こえないふりをする。
　自分がずるいことなんて、自分がいちばんわかってる。
　ひろの第一印象は、人の顔色ばっかりうかがっていて生きづらそうないい子ちゃん。
　なんでも適当にこなして、面倒なことは避けてばっかりの俺とは正反対。
　俺が今まで関わってこなかったタイプの子だから、ちょっとからかってみたかっただけ。
　──なんて、そんな軽い気持ちで近づいたはずの過去が遠い昔のことのように思える。

　関わるようになって数か月。
　今のひろは――自分のものにしてしまいたくなるくらい、かわいい子。
「……あの、ありがとう芦原くん」
「ん、いーよ」
　数学準備室でふたりきり。
　向かい合って座って運んできた課題のノートを番号順に並べていると、ひろがふいに口を開いた。
　いーよ、とか澄まして言ってみるけど、俺が勝手にそうしただけだ。
　ひろとふたりになれる口実を見つけたから利用した、それだけの話。
「わたし、また断れなくて……」
「まあでも、優しいのはひろのいいところでしょ」
「うう……」
　しゅん……と落ち込むひろの頭を撫でると、ひろは「ありがとう……」と小さく呟いた。
　伏(ふ)し目になると、ひろの長いまつ毛がよく映えた。
　白くて透明感(とうめいかん)のある肌に、化粧(けしょう)っ気ない、少し幼い顔。
　それがかわいくて……好きで。
「ひろー」
「何――っ？」
　ひろの気持ちを尊重したいという意思とは裏腹に、どうしようもなく触れたくなってしまうのだ。
　顔を上げたひろの唇にちゅ、とひとつキスをする。

「な……う、芦原くん……」
「……つい」
「つ、ついって……」
ひろの顔が、みるみるうちに紅潮していく。
俺を意識して俺だけにそうなってるならいいのに。
俺じゃない、ほかの男に同じことされたらひろはどんな反応を——なんて、考えるだけでムカつく。

保健室でサボろうとした時のこと。
授業中だったから、ひろがそこで寝ていたのは想定外だった。
テストが終わってからひろとは関わる機会がめっきり減っていて——いや、違うな。
俺が、ひろに会ってうっかり距離を詰めすぎてしまいたくなかったから、少しだけ避けてたんだ。
「……ひろ？」
こぼれ落ちた声に、ひろはゆっくりまぶたを上げた。
とろんとした目が俺を映している。
顔が赤いのはたぶん……熱のせい、だよな？
そっと触れて体温を確認すると、思ったとおり熱を帯びていた。頬、額、首……と手を滑（すべ）らせるたびにひろが体を揺らす。
わざとなわけないって知ってるけど……反応がかわいくて、かなり心臓に悪い。
「てか、寝てるとこ邪魔してごめんな。俺、隣のベッド行くから」

「……邪魔なんて、思わないよ」

「ひろは優しーからなぁ」

これ以上ひろといたら理性が飛んじゃいそうで、俺は誤魔化すように笑ってそう言った。

まあ、隣のベッドに移ったとして、カーテン越しにひろが寝てるって思ったら心は穏やかじゃないし、いっそ真面目に授業受けに戻ろうかなーなんて思ったりもしていた。

「じゃあお大事に――ん？」

兎にも角にも、自分なりにちゃんと健全な距離をとっていた――のに。

「えー……と、ひろ？　この手は……」

「……もう少し、だけ」

体調不良になると人肌が恋しくなる気持ちは、なんとなく知ってる。

ひろが俺を引き止めたのもきっとそんな理由で、深い意味なんてないんだと思う。

だけど、でも。

「ひろは熱でふわふわしてるかもだけど、俺はいつもと変わんないんだよ」

「……へ、えっと」

「だから。ひろのこと見てると――悪いことしたくなるんだって」

なあ、ひろ。

俺はさ、気になる女の子に引き止められて、普通を装えるほど余裕がある男じゃないんだよ。

　放課後の数学準備室は静かだった。
　心臓の音が聞こえていたらどうしよう。
　ひろとふたりきりでいつもより脈が速くなっているのがバレるのはなんだか恥ずかしいな……なんて思いながら、ひろの黒髪をそっとすくう。
　ひろは、困ったような表情を浮かべ、上目づかいで俺を見ていた。
「……ふ。何、その顔」
「な、何って……お、怒ってる」
「怒ってんだ？」
「だって……芦原くんが急に……急に……」
　あーあ、かわいい。
　恥ずかしくてキスって言えないところも、真っ赤な顔で今にも泣きそうな瞳で見上げてくるところも、全部。
　かわいすぎて、どうしていいかわかんない。
　ふと首筋に視線を落とし、俺が保健室でつけたあとはきれいに消えてしまっていることに気がついた。
　あまり強く噛みついたわけではないから３日もたてば消えちゃうだろうなとは思っていたけれど、いざ自分の印がなくなっているのを見ると、なんとなく寂しさがこみ上げる。
　俺とひろは付き合っているわけじゃない。
　キスするのも、独占欲の印であとをつけたのも、全部俺が勝手にしたことだ。

ひろは流されているだけ。

俺を拒否できないだけ。

俺はずるいんだ。

ひろのことを自分だけのものにしたくてたまらない。

「消えちゃったな、ここ」

「……っ」

「もっかいつけてもいい？」

ひろの首筋に手を滑らせて、白い肌に触れる。

消えてしまった印を、もう一度自分で上書きしたい、なんて、そんなわがままばかりが募(つの)る。

「……芦原くん、は……」

「うん？」

「……だめって言ってもする……」

机の上に置かれたひろの手が、俺の制服の裾をぎゅっと掴む。

潤んだ瞳、上目づかい、真っ赤な頬に加えてこれって、何、無意識？　だとしたら相当タチ悪いんだけど。

「……ふは。よくわかってんね」

「う……ん」

ひろの首筋に唇を寄せ、歯を立てる。

前よりも強く、消えないように。数秒口づけたところには赤いあとがついていた。

「かわいー反応するよな、ホント」

「かわいくない……」

「かわいいよ。ひろは、かわいい」

かわいいんだ、ホントに。

どうしたら俺の感じた気持ち全部、うまくひろに伝わるんだろう。

顔を覆って俯くひろの頭を撫でながら、そんなことを思う。

誰にも見せたくない、渡したくない。

こんなにかわいいひろを、男がほっとくわけがない。

抱える気持ち全部認めて独占できるならそうしたい。

そこまで考えて、ふと、七海くんの存在が脳裏をよぎる。

勉強会をした時からなんとなく──いや、確信していた。

七海くんは、ひろのことが好きだ。

ひろが鈍感すぎるせいで好意には気づかれていないみたいだけど、結構わかりやすかった。

茜も『七海くん、玲於に対して敵意向き出しだよね』って言ってたし。

中学からの付き合いで慣れているせいかわからないけれど、七海くんに対してはひろの雰囲気がくだけているように感じる。

俺が知らないひろを、きっといっぱい知っているんだろうなと思ったら羨ましくて仕方がない。

「なー、ひろ」

「うん……？」

「ひろって、七海くんのことどう思ってる？」

余裕ぶったふりをして、ひろに問いかける。ちょっと直球すぎたかも……と思ったけれど、回りくどいことは得意じゃないから仕方ない。

俺の質問に、ひろは拍子抜けしたような顔で首をかしげた。

「えっと、七海は中学の友達で……」

「や、それは知ってるけど」

「うーん？　……あ。頭いいけど教えるの下手な人……とか、かなぁ？　七海、なんでかわたしにはすごいスパルタだし……」

あーあ、だめだこりゃ。

俺が同情しちゃうくらい、七海くんの好意には気づいていないみたい。

「ほかの女の子たちには優しいのに……」と呟くひろにバレないようにため息をつく。

俺がそうだから、なんとなくわかる。

ほかの女の子に優しくするのは面倒だからだ。

みんなに平等に優しくしていれば思わせぶりだなんて言われることもないから、結果的に俺には“遊んでる人”ってイメージがついて、七海くんには“恋愛にあまり興味がない人”ってイメージがついたんじゃないかって思う。

──とはいえ、それは全部“女の子”に対しての話であって。

「七海くんって好きな子いじめするタイプだよね」

「えぇ？」

「ひろのこと、狙ってんじゃん？」

“好きな子”を相手にしたら、ほかの女の子たちと対応が変わるのは必然だ。

七海くんが教えるのが下手なのは、必然とひろと近い距離で話すことになって緊張しているからなんじゃないかって思うし、スパルタなのはただの照れ隠しだと思う。

「うーん……？　七海はそういうんじゃないと思……」

「そう思ってるのはひろだけだとしたら？」

俺の質問に、ひろは口を噤(つぐ)んだ。

なんで急にそんなこと言うの？って言いたげな瞳で、俺を見つめている。

急じゃないよ、全然。

気づいていないのは、ひろだけ。

七海くんも――俺も。

怖くて前に進めていないだけで、ホントはずっと思ってるんだ。

「七海くんに告白されたらさ、ひろは流されて『うん』って言っちゃいそうだね」

流されてでもいいから、ひろが俺のこと好きになってくれたらいいのにって。

言葉とは裏腹に、俺がそんなことを思ってるなんてひろはきっと想像もしてないんだろうな。

「……ひろのピュアさは罪だなー」

そう言うと、「……え？」とひろが声を落とした。

顔を上げると、ひろはムッとしたような表情を浮かべていた。

「……そ、それ……芦原くんに言われるの……なんかやだ」
「うん？」
「た、たしかに、わたしは芦原くんみたいに経験豊富じゃないし、わかんないことも多いけどっ……、そうやって言われるの、わたしと芦原くんは違うって言われてるみたいで……イヤだ」
　ひろが口を尖らせている。今まで見たことのない表情に面を食らった。
　ええ……？　ちょっと待って、何その顔……かわいいんだけど。
「ていうか、わたしは芦原くんがヨユーそうにしてることにいつもムカついてるもんっ」
　ひろがムキになって言葉を紡ぐ。
「……わたしのことからかって楽しんでるんだ、芦原くんは」
「そんなことないって」
「嘘だ！」
「嘘じゃねーよ」
「……っ、どうせ、ほかの子にも同じことして──っ」
　言葉の続きを察して、聞きたくなくて唇を塞ぐ。
　ひろはずっと勘違いをしてる。
　俺が『高嶺の問題児』とかっていうヘンなあだ名をつけられて、女の子とたくさん関係を持っている人だって、今もずっと思ったままなんだと思う。
　めんどくさがって否定してこなかった俺が悪い、けど。

「ひろにしかしてない」
「……そんなの、騙(だま)されない」
「ひろのこと好きだからって言っても？」
　からかうだけのつもりだった予定がなし崩しになるくらい、ひろのことを好きになっちゃったから。
　だから今、こんなにもひろを独占したくなっているのに、なんで気づかないんだよ。
「……か、からかわないでってば」
「俺だけのものになってよ。ほかの子にもしてるんじゃないかって疑ってるなら、ずっと俺のそばにいて、自分で確かめればいいよ」
　余裕そうに見えるのは、俺が必死にそう見せているから。
　触れたくなるのは、ひろのことが好きだから。
　混乱しているのか、ひろは何も言わない。もともと静かだった準備室がいっそう静まり返る。
　──ああ、だめだな。
「……あ、芦原く……」
「──なんてな」
　ひろが何かを言いたげにしていたけれど、被せるように声を発した。
「ひろがピュアすぎて感化されたかも」
「え、えっと……」
「全部冗談だから。ヘンなこといっぱい言ってごめんな」
　誤魔化すように、ひろの頭を優しく撫でる。
　今じゃない、今じゃなかった。

本気なのにそれが伝わらなくてもどかしくて、言うつもりがなかったことまでいろいろ口走ってしまった。

今の俺が言葉で何かを伝えてもきっとうまく伝わらない気がして、全部無理やり“冗談”という言葉で誤魔化す。

苦しいんだな、自分に嘘をつくのは。

「……わたし、芦原くんの遊び相手にはならないよ」

「知ってるよ。俺も、ひろを遊びにするつもりないから」

「芦原くんの冗談、心臓に悪いから嫌い……」

「ふは。うん、ごめん」

──全部本気だって言ったら、ひろはどんな顔すんのかな。

俺の気持ちをひろに伝えるには、行動で示さなきゃいけないんだ。

ほかの子と同じじゃないって──ひろだけがトクベツだって、信じてもらわないと。

「ひろ」

「うん？」

「俺、もっとがんばるわ」

ひろを好きな気持ち、もう次こそは冗談になんかしたくないから。

「え、な、何がですか……」

「全部」

「芦原くんは、いつも話に脈絡(みゃくらく)がなさすぎると思う……」

「腹減ったぁ。早く終わらせよこれ」

「そういうとこだよ芦原くん……！」

「うはは」

　それは、生まれて初めて誰かを好きになった俺が、気持ちを自覚した放課後のこと。

Section. 3

きみにドキドキしてばかり

「迷子になんないように手でもつないどく？」
「つながないよ！　ていうか芦原くん、なんか近い……っ」
「いやほら、俺ひろの保護者みたいなもんだし」
「保護者だって、こんなに近い距離で歩かないもん！」
「ねえ吉良くん、あのふたりって付き合ってるんだっけ？」
「いや、たぶんまだ玲於の一方通行」
「うちのひろちゃんの鈍(にぶ)さは、レベル999くらいあるよ？」
「玲於の本気も、たぶんレベル999あるから大丈夫っしょ」
「見てるこっちが、もどかしくて耐(た)えらんなくなりそう」
「気持ちはわかるけど、これはこれで見てるぶんには結構楽しい」
「えぇえ……？」

時は12月中旬――わたしたちは校外学習に来ていた。

１年も終わりに近いこの時期にある校外学習。

２クラス合同で好きに４人グループを作り、観光地やテーマパークで半日楽しんで交流をさらに深める、という主旨(しゅし)のもとで毎年恒例になっているイベントだった。

わたしと千花ちゃんが属するC組はD組と合同で、県内では有名な観光名所を訪れることになっていた。

どこをどう巡(めぐ)るかは各グループごとに自由に決めていいというルールなので、生徒の間では『ご褒美(ほうび)』と呼ばれているみたいだ。

──それで、だ。

「っ芦原くん！　それ以上近づいたら、お……っ怒る！」

「じゃあ２センチ離れる」

「そんなの誤差じゃん……！」

どういう流れか、わたしと千花ちゃんは、芦原くんと吉良くんと同じグループで行動していた。

さかのぼることテスト終了後の翌日の話。

Ｃ組とＤ組が集められたロングホームルームの時間、合同でグループを作るように先生から指示を受けた直後──芦原くんが声をかけてきたのだった。

「ひろ、一緒にグループつくろ」

後ろには相変わらず気だるそうにする吉良くんもいて、わたしと千花ちゃんはふたりで目を合わせた。

まわりの生徒たちはざわついている様子も見られたけれど、テスト期間に一緒にいた印象が根づいているのか、問いただすような人はいなかったことが幸いだ。

「永野さんも、それでいい？　俺と茜と一緒のグループでも」

「あたしは全然オッケー！　ねっ、ひろ！」

「え、えっと……うん」

……思い返せば、テスト勉強を一緒にすることになった時もこんな感じの流れだったっけ。

もちろん、わたしが断れるわけもなく……というか断る理由がなく、そのまま４人でグループを組むことになったというわけである。

「二瀬……と永野、余ってるなら俺と一緒の……」
「はい残念でした〜ひろとあたしは高嶺ツインズに誘われてもうグループ決まってますぅ」
「高嶺……って、はあ!?　なんで！」
「七海がちんたらしてるからでしょバーカバーカ」
「二瀬もそれでいいのかよ！」
「わたしは千花ちゃんと一緒だからなんでも……」
「はあもう最悪、ホント最悪……」
「この遅れはかなりでかいよぉ七海く〜ん」
「うざすぎる、地球に埋まってしまえ」
「いや待って、それひどすぎない!?」
　ちなみにこれは、その数分後の会話。
　七海は最近やけにピリピリしていて、口の悪さが増していた。
　うーん、よくない。わたしと千花ちゃんにも、ほかの子にしてるみたいに優しくしてくれたらいいのになぁ。
　ふたりのやりとりを見ながら、わたしはそんなことを思っていた。

　千花ちゃんと吉良くんはテスト期間以来話していなかったみたいだけど、グループ決めの際に再び顔を合わせてあっという間に仲良くなったようで。
　わたしと芦原くんの後ろで親しげに話をしている。
　話の内容までは聞こえなかったけど……すごい楽しそう。

わたしの横にぴったりくっついて歩く芦原くんを見上げ、むう……と口を尖らせる。

ほかの生徒の視線もあるから手をつなぐことはなんとか回避できたけど、「近いから離れて歩いて！」に対しては芦原くんが全然引いてくれなかった。

「ひろ、そんなに俺と一緒に歩くのイヤなの？」

「そ、そうじゃないけど……」

「じゃあいいじゃん」

芦原くんが隣にいるのがイヤなんじゃない。

そんなことは１ミリも思ってないけど……。

芦原くんに雑用を手伝ってもらったあの日以来、今まで以上に芦原くんのことを意識してしまって――気が気じゃないんだもん。

芦原くんは最近、学校で見かけても吉良くんや男の子の友達と行動していることが多くなった。

前までよく一緒にいるところを見かけていた赤城さんには、一度話をした日以来、顔を合わせるたび『最近、玲於とはどう!?』って食い気味に聞かれるようになっちゃったし……。

どうもこうもない。

だって、わたしと芦原くんは付き合っているわけじゃないんから。

『ひろのこと好きだからって言っても？』

『ほかの子にもしてるんじゃないかって疑ってるなら、ずっと俺のそばにいて、自分で確かめればいいよ』

脳裏をよぎる芦原くんの言葉。

かあああ……と、思い出して赤くなってしまった顔を隠すように俯く。

好きなんて嘘。かわいいとか、俺だけのものになってとか。

そういうのも全部芦原くんの気まぐれなんだよね？

芦原くんの冗談は嫌いだ。

芦原くんの行動とか言葉に、わたしばっかり期待しちゃうのがイヤだから。

「ひろ、目離したら迷子になりそう」

「そんなに子どもじゃないもん」

「かわいい子は狙われやすいんだよ、こういう人が多いとこはさ」

「じゃあ、千花ちゃんのほうが危険だ……！」

「……ひろってホント……」

「うん？」

「あーもう。俺が言ってんのはそうじゃなくて……」

芦原くんと近い距離で関わるのは苦手。

芦原くんにはどうってことないことでも、たとえほかの子に同じようにやっていることでも、

「俺がやだから言ってんの。そばにいてくんないと不安になる」

「っ」

「離れんなよ。約束な？」

──わたしは、こんなにもきみにドキドキしてしまうか

ら。

「……まあ、ホントは手つないでおきたいんだけど」

「っ学校の人がたくさんいるからだめ！」

「人がいないとこならいいってこと？」

「ちっ……ちが……」

「わかった。人がいる時は我慢（がまん）する」

「我慢とかじゃなくてっ……」

「はやくふたりになりてえなー」

「芦原くん話聞いて!?」

「うはは、聞いてる聞いてる」

「聞いてないじゃん……！」

本日の校外学習――“ふたりきり”に注意です？

「あ、茜？　うん、無事に見つかったんだけどさ、結構人が多くて遅くなりそうだから先帰ってていいよ。え？あー……うるせえな、わかってるよ。もう切るから。じゃーな、永野さんにも伝えて」

吉良くんとの電話を終えた芦原くんは、ふう、と一息ついてスマホをポケットにしまった。

「吉良くん……大丈夫だった？」

「うん。先生には言っててくれるって」

「そっか……ありがとう……」

今日のこと。

千花ちゃん主導のもと、観光名所で食べ歩きをしたり神社でお参りをしたりと充実（じゅうじつ）した半日を過ごしたわたしたち。

千花ちゃんと吉良くんがいようがいまいが、芦原くんはおかまいなし。

ごはんを食べる時以外わたしと芦原くんの距離間は常に２センチで、少しでも離れようものなら制服の裾を引っ張られて隣に引き戻されていた。

千花ちゃんには、お手洗いに行った時に
「今日の芦原くん、ひろにべったりでかわいいね？♡」

と、語尾にハートがついていそうなトーンで耳打ちされてしまったくらいだ。

吉良くんとはふたりで話す機会こそなかったものの、ちょくちょく視線は感じていたから微妙(びみょう)に気まずかった。

それで、だ。

芦原くんの行動や仕草に気を取られてばかりで、どこかでスマホを落としてしまっていたみたいなのだ。

気づいたのは集合時間が迫っている最中でのことで、皆(みな)を巻き込むのも申し訳ないからと、ひとりで探しに戻ろうとしたんだけど――。

『ひろ、俺と約束したこと忘れた？』
『え、えっと……』
『離れんなっつったよな。もうこんなに日落ちてきてんのに、ひろってバカなの？　俺が、ひろのことひとりで行かせると思ってる？』
『は、はひ……っ、ごめんなさいぃぃ……！』

こんな感じで笑顔に圧を含めた芦原くんに手首を掴ま

れ、ひとり行動を阻止(そし)されてしまったというわけである。

芦原くんには手をつながれたままだったけれど、とてもじゃないけど「離してください」とは言えず、流れるままにわたしたちは歩いてきた道をたどった。

結局、スマホは１時間ほど前に寄り道したお茶屋さんに忘れ物として届けられていたようで、先ほど無事わたしの手元に戻ってきた。

「送ってく」

芦原くんの言葉に頷いて、再び帰路につく。

スマホを探し始めた時よりもさらに日は落ちていて、家につくころには真っ暗になっていることだろう。

最近、芦原くんに送ってもらうことに抵抗(ていこう)はなくなった。

申し訳ないと思う気持ちがなくなったわけじゃないけれど、遠慮しても芦原くんは引いてくれないってわからされたから。

「ありがとう……」

「俺が一緒に帰りたいだけだからいーよ。俺のが、ありがとうだわ」

お礼を言うと、芦原くんはそう言って、自分が使っていたマフラーをほどいてわたしの首に巻きつけた。

「冷えるからそれしときな」

「え、っ」

「よし、帰るかぁ」

強く手を握り直し、歩き出す。

さらっとドキドキさせるような言葉を言ったり行動をし

たりするし……おまけに鼻腔をくすぐる芦原くんの柔らかな香りに、わたしの心臓は休まる暇もなかった。

「そういえば……」
　家まであともう少し、というタイミングで芦原くんがふと思い出したように声をこぼす。
　「うん？」と首をかしげて続きを問うと、芦原くんは言葉を続けた。
「ひろ、24日って空いてる？」
「え？」
「イルミネーション。見に行く日決めてなかったなと思って。どうせ行くならイブがいいかなって思ってて。……いや、もちろん空いてればの話だけど」
　空耳じゃなければ、これは……デートのお誘い？
　しかもクリスマスなんて、夢がいっぱい詰まっている日じゃないか。
　ぱちぱちと目を瞬かせ、芦原くんを見つめる。
　今わたしの前で話をしているのは、高嶺の問題児。
　女の子は引く手あまたでモテモテな芦原くんだ。
　やっぱり空耳？
　自分にとって、都合のいいように聞こえているだけ？
　ていうか、そもそもイルミネーションって──。
「空いてる……」
「じゃあその日に……ひろ？」
「……お、覚えてるの、わたしだけかと思ってた……」

　芦原くんとイルミネーションに行く約束をしたのは、1か月ほど前のこと。

　約束したものの詳しいことはひとつも決めていなかったし、以降、芦原くんからその話題を出されることもなかったから、もう忘れられてるのかも……ってちょっとだけ思っていたんだ。

「いや、そりゃ覚えてるでしょ。誘ったの俺だし……つーか俺がいちばん楽しみにしてんだもん」

「そっ……そうなの？」

「うん……って、言葉にするの恥ず」

　感情が、ぶわあって押し寄せてくる。

　ふいっと目を逸らし、くしゃくしゃと前髪をかく芦原くん。

　その姿にどうにもキュンとしてしまい、感情に流されるままにわたしはめいっぱい腕を伸ばし、芦原くんの崩れた金髪に触れた。

　歩いていた足が止まる。

　芦原くんとわたしの身長差は、20センチ以上。

　見上げると、芦原くんはきょとんとしたままわたしを見ていた。

「……かわいい、芦原くん」

　こぼれた言葉は、わたしのもの。

　珍しく照れくさそうにするきみが愛おしくて、無性に触れたいと思った瞬間だったから。

　無意識だった。心の声がこぼれるってホントにあるみたいだ。
「……な、なーんて――っ」
　ハッと気づいた時にはもう遅い。
「かわいいのはひろでしょ」
　髪を撫でていた手を掴まれ、「なーんてね」と誤魔化そうとした口は、あっという間に芦原くんに塞がれてしまった。
「芦原く……ん、う……っ」
　今まででいちばん深くて熱いキス。
　名前を呼ぶ暇はなくて、とっさにつかんだ芦原くんの制服にぎゅうっとしがみつく。下唇を甘(あま)く噛まれて、びくりと体が震えた。
「っ、はぁ」
「なあひろ。俺だって健全な男なの、わかってる？」
　唇を離した芦原くんは、顔を隠すようにわたしの肩に頭を預けた。手が腰に回されて抱きしめられる。
　ふわふわの毛先が頬をかすめて、くすぐったい。
　キスで呼吸が乱れたわたしの音なのか、表情が見えない芦原くんの音かはわからないけれど、心臓がどくどくと音を立てている。
「……わ、わかってる」
「じゃあ、俺が今なに考えてるか当てられる？」
　芦原くんの考えていること……。
　いつだって余裕で、わたしよりずっとずっと上手(うわて)で、反応を見て楽しんでいるであろう芦原くん。

わたしに構ってくれる理由すら、まだちゃんとわかっていないのに――。

「っひゃあ!?」

と、考え始める前にまだちゃんと巻いていなくてゆるゆるだったマフラーの隙間から、芦原くんの唇が首筋に触れた。

突然のことにヘンな声が出る。

反射的に体を離そうとするも、腰に回った芦原くんの両手にホールドされていてそれは叶(かな)わなかった。

「ああああああしはらくん！　そっ、外……っ」

「そーだね、外じゃなかったらアウトだったかも」

「っだ、だめ……っ」

外でも十分アウトゾーンだけど……!?

そんなことを思っても、芦原くんに与(あた)えられる温度でどんどん頭は真っ白になっていく。

「ひろのことめちゃくちゃにしたい」

芦原くんの声が耳元で響く。

「誰にも渡したくない。俺だけが知ってたいし……もっと触りたい」

「っ、うぅ……」

「今だけじゃない。そんなこと考えてんだよ、俺はいつも」

ねえ、芦原くん。

「なあ。……もう気づけよ、ひろ」

わたし――きみに、期待してもいいのかな。

唇が触れる。

何度重ねてもドキドキして、胸がぎゅってなって、それからすごく、心地よい。

胸の高鳴りは、家に帰ってからもしばらくおさまらないままだった。

不器用な恋の行方

「わ。芦原くん、そのパン新発売のやつじゃない？」

わたしと千花ちゃん、芦原くんと吉良くんの４人で一緒にお昼を食べようとした時のこと。

ふと、芦原くんが開封(かいふう)したパンのパッケージを見て千花ちゃんが問いかけた。

わが校の食堂は吹き抜けになっていて、階段を上ったところにも食事スペースが設けられていた。

階段を上るのが面倒だからという理由で、生徒利用はあまり多くないけれど、日当たりがよくて気持ちいい穴場スポットなのだ。

高嶺ツインズがふたりそろうと、どうしてもまわりの視線がつきものだから、その点でもこのスペースは使い勝手がよかった。

「うん。抹茶(まっちゃ)ティラミスあんぱん」

「聞くだけで、もうすごい盛りだくさんな味だよね……」

「うはは、たしかに。あ、食べる？　まだ口つけてないよ」

「いやー、あたし抹茶得意じゃないんだぁ」

「あ、そうなん？　じゃあ食べちゃうわ」

「どーぞどーぞ！」

４人でお昼を一緒にするようになったきっかけは……３日前。

芦原くんが、「ひろ、一緒にお昼たべよ」と突然教室を訪れたのだった。

　芦原くんが人気者だという認識も変わらないままだけれど、芦原くんの行動や言葉を前よりも簡単に受け入れられるようになったのは、関わるようになって、彼がとても素敵な人だと知ったからだと思う。

　正直なところ、芦原くんに対してどういう反応をするのが正しいのかわからずひとりで変に緊張していたから、変わらない態度で接してきてくれてすごく救われた。

　芦原くんが内心どんな気持ちでいるかはわからないけれど、彼の優しさゆえに成り立つことなんだろうなぁ、なんて思ったり。

　……もちろん、恥ずかしくてそんなこと本人にはぜったい言えないけど。

　芦原くんからのお誘いにふたつ返事で頷くと、彼はうれしそうに笑っていた。

　ちなみに、千花ちゃんは校外学習の時に吉良くんとかなり仲を深めたみたい。

　廊下ですれ違った時に『あ、吉良だ』と呼び捨てにしているのを聞いた時は、千花ちゃんのコミュ力やば……って、ちょっとびっくりした。

　芦原くんとは住む世界が違うなんて言って敬遠していたころのわたしが懐(なつ)かしい。

　思い込みって怖いなぁ。

　芦原くんも吉良くんも、高嶺の問題児という呼び名の前にただの高校生なんだもん。

怖いとか、近寄りがたいとか、住む世界が違うとか。

そんなのは、まわりが勝手に作り上げたイメージだったんだ。

……だって、ほら。

一緒にお昼を食べる関係になっていなかったら、芦原くんが抹茶ティラミスあんぱんなんていうヘンテコなパンを食べる人だなんて知らなかったし。

意外と甘いものが好きなところが、わたしは結構お気に入りだったりもするわけで——と、そんなことを考えていると。

「ん？　ひろ、これ食べたいの？」

「えっ」

無意識のうちにじいっと見つめすぎていたようで、芦原くんがわたしの顔を覗き込んできた。

突然の近距離に、心臓がドキッと大きな音を立てる。

「一口あげようか？　意外とうまいよこれ」

「でも、申し訳ないし……」

「今さらそんな遠慮はいらねーよ。食べたいか食べたくないかの２択を聞いてるんです俺はぁ」

わざと語尾を伸ばし、拗ねたように口を尖らせる芦原くん。

うっ……不意打ちでかわいい顔をするのはやめてほしいのに。

芦原くんを見ていた理由は、抹茶ティラミスあんぱんが食べたかったからではないけれど、どんな味なのかが気になっていたのは本当。

「た、食べたい……」

小さく紡いで芦原くんを見つめる。

すると。

「はい、あーん」

「は……むぐ……」

芦原くんはパンを一口サイズにちぎると、流れるようにわたしの口元に運んだ。

てっきり手渡しでもらうとばかり思っていた。

まさか芦原くんに食べさせてもらうなんて。

「ど？　うまい？」

「……う、うん」

なんて言ったけど、本当はパンを味わうよりも照れくささが勝っていて、おいしいかどうかわからなかった。

かあぁ……と顔が紅潮していく感覚。

「ふは。かわいー」

顔を隠すように俯くと、芦原くんが小さく呟く声が聞こえた。

ちらりと視線を上に向ける。柔らかな表情で笑う芦原くんに、まだ感情が押し寄せた。

わたしだけが、芦原くんのいろんな表情を知っていればいいのに。

きみにとってのトクベツだったらいいのに。

芦原くんに期待してしまうこの気持ちが──確信に変わってくれたらな。

「ちょっとおふたりさん、あたしらの存在忘れてないですかぁ」
　からかうような千花ちゃんの声にハッとする。
　顔を上げると、にやにやする千花ちゃんと、表情の読めない吉良くんと目が合った。
　……そうだ。忘れていたわけじゃないけど、今は４人でお昼を食べている最中。
　ふたりきりじゃないのに……恥ずかしすぎる。
　さっきとは別の意味で顔を赤くさせると「なんか……」と吉良くんが口を開いた。
「ひろ、すっかり玲於になついたよな」
　吉良くんの言葉に、すかさず千花ちゃんも「えっわかる！」と同意する。
「まあ、おれが言うのもなんだけど。意思が弱くて真面目そうだし、玲於に流されてるだけかと思ってたから」
「え、えっと……」
「実際さ、今、ひろは玲於のことどう思ってんの？」
　――玲於のこと、どう思ってんの？
　吉良くんの質問に、わたしは言葉を詰まらせた。
　芦原くんがわたしのことをどう思っているかばかり気にして、自分の気持ちに焦点（しょうてん）を当てて考えたことがなかったような気がする。
　わたしは、芦原くんのことを――。
「……わた……」
「二瀬」

「え？」

「二瀬、だろ。茜は今までひろのこと名前で呼んだことなんかなかったじゃん」

言葉を発しようとしたタイミングで、芦原くんが低い声で言った。

声色でわかる不機嫌な様子。吉良くんの口角がクッと上がった、ような気がした。

「なに玲於、急に不機嫌になんなよ」

「茜のせいじゃん。あと、ヘンなこと聞いてひろのこと困らせんな」

「何、怖くなった？　ひろが自分のことどう思ってるか、ここで聞くのが」

どうしていいかわからない。

すぐに答えられなかったわたしが悪いのかもしれないけど、でも……。

千花ちゃんも、変に口を挟(はさ)んではいけないと思ったのか、きゅっと口を結んでふたりの会話を聞いている。

「……名前呼ぶなって」

「はは、嫉妬(しっと)？」

「……どうだっていいじゃん」

こんなに不機嫌な芦原くんは初めて見た気がする。

反対に吉良くんはどことなく楽しそうな表情で、これまた初めて見る顔だった。

「今までの子と、そんなに違う？　二瀬は」

忘れていたわけじゃない。

芦原くんは、わたしと違って恋人がいたこともあるし、女の子との関係もきっとたくさんあった人だ。

誰にでも同じだけ優しくて、モテモテの人気者で。

それなのに、ちょっと仲良くなったくらいで、優しくされたくらいで——芦原くんにとって自分はトクベツな存在になれているかも、なんて。

「うるせえな、そういうんじゃねーから」

勝手に自惚れていたのはわたしなのに——否定されて傷つくなんて、おかしな話だ。

「っ、あ……」

「ん？　ひろ、どうし……」

とっさに立ち上がると、千花ちゃんが不思議そうに尋ねた。

「ご、ごめんなさい……なんかおなか痛くなってきちゃったから、ほ、保健室行ってくるね」

口早にそう言って、ぐちゃぐちゃに包んだお弁当箱を抱えて立ち上がる。

芦原くんと目を合わせたら泣いてしまいそうで、顔は上げられなかった。

自惚れていただけの自分が恥ずかしい。

髪が長くてよかった。

そうじゃなかったら、真っ赤な顔も、泣き出しそうな顔も全部バレバレだったかもしれないから。

「ご、ごめんねホントに……っ……」

「え、ちょっとひろ!?」

千花ちゃんの慌てた声が聞こえたけれど、わたしは振り向かずに階段を下りた。
食堂を抜け、保健室ではなくトイレに向かって歩き出す。
情けない。
あんな、些細な言葉で泣いてしまうなんて。
『かわいーな、ホント』
『ひろにしかしてない』
『ひろのこと好きだからって言っても？』
芦原くんにとっての『かわいい』とか『好き』って言葉は、きっとわたしが思っている感覚とは違うんだ。
たとえるなら、動物とか子どもとかに向ける気持ちに似ているんだと思う。
きっとそれは恋じゃない。
……わたしとは違うんだ。
言葉の重みも、抱えた気持ちも。
「うう〜……」
「──ひろっ！」
自分の意思とは裏腹に涙がぽろぽろとこぼれ落ちた時。焦った声色で名前を呼ばれ、わたしは足を止めた。
「……っ、千花ちゃん」
「待って待って、置いてかないで!?　ていうかひとりで泣かないでよぉお！」
「ふぇ……っ……」
「あたしまで泣きそうになるからぁ〜！」
そう言って、千花ちゃんがわたしを抱きしめる。

鼓動が速くて、走ってきてくれたことがわかった。
千花ちゃんの優しさに触れて、また涙が出そうになる。

千花ちゃんに促されて、廊下の隅にあるベンチにふたりで腰かけた。
千花ちゃんがくれた水を少し口に含み、頭をすっきりさせる。
「ごめんね……」
「なんで謝るの！　ひろ何にも悪いことしてないよ。むしろ、あたしが余計なこと言ったのが悪いんだもん……ごめんね」
千花ちゃんが悪いんじゃない。
あの場で、冗談で誤魔化せなかったわたしがいけなかったんだ。吉良くんも、きっと空気を壊そうとして言ったんじゃないだろうから。
「ねえひろ。芦原くんのことだけど……」
「っす、好きとかじゃないよ！」
千花ちゃんの言葉を遮るように言う。
好きとか、そういうんじゃない。
ドキドキしてばかりなのは、わたしが男の子に耐性がないから。芦原くんは女の子の扱いに慣れているから、わたしにも同じように接しているだけ。
単に、思わせぶりな態度に流されちゃっただけだから。
「……好きとかじゃ、ないもん……」
好きじゃなくて、嫌いじゃないだけ。

そう、そうだよ。

違うもん。

期待なんか、してない。

消えそうな声がこぼれる。千花ちゃんは少しだけ肩を揺らすと、わたしの頭を優しく撫でた。

「ひろは不器用でかわいいねぇ……」

全部見透かされている気がした。

わかっていても確信をつく言葉をあえてかけないところに、千花ちゃんの優しさを感じる。

我慢していた涙がぼろぼろとこぼれ落ちて、スカートを濡らした。

幼なじみだからこそ

【茜side】

「玲於ごめん。少しからかうくらいのつもりだった」

「まじで趣味悪いって……」

はあああ、と玲於の口から大きなため息がこぼれる。

……参ったな。

千花が言っていたとおり、ちょっともどかしくなってきたから茶々(ちゃちゃ)いれてやろうかと思ってのことだったんだけど、やりすぎた。

あからさまに落ち込む玲於の肩を、慰(なぐさ)めの意味を込めてぽん、と叩くとぎろりと睨まれた。

玲於の三白眼に睨まれんの、すっげー迫力(はくりょく)。

「泣いてたなぁ、ひろ」

「名前呼びやめろっつってんだろ」

「はいはい、二瀬ね」

女子のことを名字で呼ぼうが名前で呼ぼうが、今までそんなの気にしたことなかったくせに。

玲於の変わりよう……というか、二瀬ひろに対する独占欲は見物(みもの)だ。

「……ひろが泣いてんの初めて見た」

「そうなん？」

「あー……俺が、あそこでちゃんと肯定すれば泣かせなかったかもしんねーのに、何やってんだ。ホント俺、バカすぎだろ……」

　玲於がガチでへこんでるところを、おれは初めて見たけどな。

　二瀬が気づいていないだけで、たぶん、大半が玲於の気持ちに気づいている。

　だから、玲於に好意を寄せる女子もあきらめて関わってこなくなったんだと思うし。

　玲於は昔からなんでも要領よくこなせてしまうタイプで、人付き合いがうまかった。誰にでも平等に優しいし、誰かをトクベツ扱いしたりもしない。

　自分でいうのはなんだけど、たぶん、玲於が昔付き合っていた彼女よりおれのほうが大事にされてたんじゃないかって思うくらいだ。

　二瀬ひろ。

　玲於がぜったい好きにならなそうな、真面目で純粋な女の子。

　最初は流されやすくて玲於に振り回されている印象があったのに、今じゃあの玲於がこんなに必死になっているわけで。

　どっちが振り回しているのか、もはやわからない状態。

「ま、あれだね。意地でもクリスマスまでになんとかしないとだね玲於」

「いやホントにそれはそう……はー……もぉー……」

「泣くくらい玲於のこと意識してるってことでしょ。ゴールは近いよ、たぶん」

そう言えば、玲於は「適当なこと言うなよなぁ」と口を尖らせた。

見てる分には面白いし、拗(こじ)れれば拗れるほどおれは楽しいけど——そろそろ玲於もかわいそうだから、手助けしてやりたいって思ってるのが本音。

……今回はちょっとミスったけど。

「まあがんばれよ。個人的にはもうちょい泣かせるほうが好きだけど」

「まじでもう余計なことすんなよ頼むから」

「でも正直、女の子の泣き顔はクるでしょ玲於も」

「……」

「はは、わかるー」

「……何も言ってないから俺は無罪」

不器用な幼なじみの恋がどうかうまくいきますようにと、おれは密かに願った。

思い浮かぶのはきみの顔

静まり返った図書室の空気は、煮詰(につ)まった頭を整理するには心地のよい空間だった。

換気(かんき)のために開けられた窓から冷たい風が入り込む。

ただ意味もなく追っていた文字の羅列(られつ)から目を離し、わたしはぼんやりと窓の外を見つめた。

芦原くんと最後に話をした日から1週間。

あの日以来、芦原くんとは話すどころか目すら合わせることができなくなった。

芦原くんの姿を見かけるたび、足を止めて気づかれないよう違う通路を通ったり、話しかけられてもぎこちなく返事をするだけで、不自然に言葉を遮って逃げたり。

これ以上ドキドキしたくない。

ひとりで意識したくない。

そんな気持ちばかりが募って、芦原くんとの接し方がわからなくなってしまったのだ。

好きとかじゃない。期待なんかしてない。

そう言ったのはわたし。

それは嘘じゃない、はずなのに。

芦原くんのことばかり考えては、どうにもモヤモヤしてしまって落ちつかない。

きっかけは芦原くんの気まぐれに流されたことによるものだったとしても、今まで芦原くんと話したことや触れ合ったことが全部おふざけだったなんて思えない——思いたくなかった。

はあ……とため息がこぼれる。

ため息をつくと幸せが逃げると言うけれど、今はその感覚がすごくよくわかる。自分のまとう雰囲気が、日に日に暗くなっていく感じ。

千花ちゃんは何も言ってこないけれど心配してくれているようで、毎日代わる代わるお菓子をくれるようになった。

冬休みまではの日にちはそう多くなく、教室ではクリスマスやお正月の予定を楽しそうに話すクラスメイトが増えた印象がある。

わたしも、クリスマスイブは芦原くんと約束をしているけれど……とてもじゃないけど、今の気持ちのままでは行けない。

このままじゃだめだ。

だけど、どうしていいかわかんない。

好きじゃないくせに、“今までどおり”に接することができない。

わたしは、芦原くんにどうしてほしかったんだろうか。

「う～……わかんないよ……」

「ひとり言がでかいやつだな、おまえは」

うなだれるわたしに、突然そんな声がかけられる。

パッと顔を上げると、見慣れた人物——七海が、呆れたような表情でわたしを見ていた。

「え、七海。どうしたの？」

「どうしたのも何も、バカのくせに図書室なんか使ってんじゃねーよ」

「えぇひどい……」

　相変わらず、見た目とは裏腹に口が悪い男だなあ……。

　向かいの席に座った七海を見て、そんなことを思う。

「おまえ、毎日ここで何してんの」

「……ほ、本を」

「嘘つくな。その本だってただ開いて置いてるだけだろ。頭いいやつのふりすんなよバカのくせに」

　図星をつかれ、慌てて開いていた単行本を閉じる。

　バカバカ言われるのは癪だけど、わたしの頭が弱くて、七海の頭がいいのは事実だから言い返す言葉がなかった。

　実際、本を読んでいるふりをして、意識が別のところにいっていたのもたしかだ。

　肩を縮めてだんまりするわたしに、七海は盛大なため息をついた。

「……ヘンな男に惚れんのやめろよなぁ……」

　ぽつりと落とされた言葉。

　うまく聞き取れなくて、反射的に「……え？」と聞き返してしまった。瞬きをして七海を見つめる。

「だいたい、二瀬とは全然タイプ違うじゃんあいつ。おまえが好きになるような系統じゃねーんだって。第一、金髪ってのがもうありえない、髪の毛傷んで将来ハゲちゃえばいいのに。勉強会とかも教えなくたってできるくせになんなんだよ。邪魔ばっかしてくるし、いつも余裕ぶりやがって。

ライバル認定もされてないかと思うと気に食わな……」

「な、七海？」

「なんでもねえよバーカ」

寄りかかって座っていた体を起こし、七海が机に頬杖をつく。

ふてくされたような声色。

早口でぼそぼそと呟いていた内容は全然聞き取れなかったけれど、察するにバカだのアホだのというわたしへの悪口だと思う。

……いつものことだから、今さら気にすることではなくなったけれど。

「どうせ、くだんないことで落ち込んでんだろおまえ」

「く、くだらなくないもん」

「落ち込んでることは否定しねーのかよ」

あ、と思わず声が漏れると、小さく舌打ちをされた。はあ……と今日２回目のため息までつかれる。

舌打ちまでしなくたっていいじゃん。

七海ってホント、意地悪だ。

クラスメイトの女の子たちに接している時の優しさ、ちょっとくらいわたしに分けてくれたっていいのに。

口を尖らせジト目で七海に視線を送る。

正面から七海の姿をとらえると、ふと制服の着こなしに目が行った。

七海は、ワイシャツは第１ボタンまでしっかり留めていて、ブレザーの下には学校指定の紺色（こんいろ）のカーディガンを着ていた。

髪の毛は当然黒。

遅刻も欠席もよっぽどの理由がある時以外、中学時代を含めてもしたことがない真面目ぶり。

先生に反抗(はんこう)したりもしないし、どんなに頭がよくてもテスト期間の対策は怠(おこた)らない。

まさに、生徒の鑑(かがみ)だ。

制服がいつもゆるゆるで、遅刻寝坊常習犯で、よからぬ噂もたくさんあって。

髪の毛を金色に染めちゃうような問題児――芦原くんは、わたしが本来関わるはずもないタイプ。

だから、なのだろうか。

『かわいーな、ホント』

――ふとした瞬間に、芦原くんの顔ばかりが浮かんでしまうのは。

芦原くんの金髪は、何度もブリーチをしているはずなのにふわふわしていて、首をかすめるとくすぐったいんだ。

着ている上着は裏起毛になっていてすごくあったかいの。

寝坊と遅刻は、芦原くんなりに努力してるけど、なかなか直せなくて困っていることだったりする。

よからぬ噂はたくさんあるけど、それを一概(いちがい)に鵜呑(うの)みにはできないのは、芦原くんと関わるようになって印象が変わったから。

七海も千花ちゃんも、芦原くんに優しくしてもらった女の子たちも知らない芦原くんを、わたしだけがたくさん知っている。

そのことが、わたしは本当はうれしくて――。

「おい二瀬、聞いてんの？」

七海の声にハッとする。

危ない危ない、意識がすっかり飛んでしまっていた。

怪訝(けげん)そうに眉をひそめ、「俺の顔になんかついてる？」と聞かれ、わたしは慌てて首を横に振った。

「ごめんなんでもないっ」

「はあ？　なんだよ」

「ごめんって！　……それより、七海はなんでここに来たの？」

七海はたしかに本を読む習慣があるっぽいから、図書室にいることに違和感は覚えないけれど……今日は図書室を利用しに来たというよりは、わたしを探しに来てくれたような気がする。

「わたしに何か用だった？」

「あ、いや……うんまあ、そんな感じではあるけど」

七海が途切(とぎ)れ途切れに言葉を紡ぐ。

「えーっと……まあ、あれだよ。落ち込んでるやつが近くにいると俺らも困るっつーか……」

「……え。悪口なら聞かないよ？」

「バカ、ちげーよ」

「……何……？」

首をかしげると、「だから、その……」と煮(に)え切らない反応を示した。

悪口じゃないならなんだろう。

――なんて、そんなわたしの疑問は、すぐに解消されることになる。

「っふ……冬休みとかさ、気分転換(てんかん)にどっか行かね？」

ぱちぱちと瞬きを数回して、七海と目を合わせる。

いつになく、七海の顔が赤いような気がした。

「……」

「……」

「……」

「……『冬ってしんみりしちゃうからパーっと楽しいことしたい』って永野が言ってた気がしなくなくもないし、だったら俺も行ってやろうかなくらいの気持ちで言っただけだけど、なんか文句あんのかよ」

「ええ……？」

七海って、よくわからないやつだ。

中学からの付き合いといえど、七海に遊びに誘われたことなんてなかったから、びっくりして言葉が出てこなかっただけなのに。

……七海ってば、せっかちだなぁ。

とはいえ、最近は放課後は図書室でぼんやりと過ごしてばかりで千花ちゃんと一緒に帰っていなかったから、当然カフェに寄り道したりすることもなかったわけで。

千花ちゃんと話したいことはたくさんあるのに、うまく言葉にできなくて相談できないままだったのだ。

「……うん、いいよ」
「は」
「千花ちゃんも一緒に、３人で遊びに行こう」
　冬休みまでに、自分の気持ちをちゃんと整理して、言葉にできるようにしよう。
　そう心に決め、七海の提案に頷く。
「……３人のとこ強調すんのやめてくんね？」
「え？　だって３人で行くんだよね？」
「そうだけどそうするしか誘えなかったっていうか……はあ、もうホント二瀬嫌いだわ」
　七海に『嫌い』って言われた理由は、ちょっとよくわからなかったけど。
「はあ。とりあえず、予定は永野もいる時に決めるか」
「うん。心配してくれてありがとう、七海」
「は？　勘違いすんな。おまえのテンションの低さに付き合ってらんねーだけだから」
「うん。だから、ありがとう」
「……どーいたしまして」
　漠然と落ち込んでいた気持ちは、七海と話をしたおかげで少しだけ明るくなった。

「送ってく」
「七海の家とうちじゃ方向真逆だし、平気だよ」
「いや、送る」
「ホントに大丈夫だって」

「こういう時って黙って送られるもんだろ普通は」
「だって七海、これまでそんなこと言ってきたことなかったし……」
「それはおまえが……あーもう、なんなのおまえ！」
「今日の七海なんかヘンだね……？」
　結局、私と七海が図書室を出たのは17時を回ったころのことだった。
　少し雑談したあと、『ついでだから課題教えてやる』と数学の授業で出された課題を一緒に解いてくれたのだ。
　家でひとりでやる時は教科書やノートを駆使（くし）して１時間くらいかけて終わらせている課題が、七海に教えてもらいながら解いたおかげで30分ほどで終わらせることができた。
　……相変わらず教え方はスパルタだったけど。
　どういう風の吹き回しか「送っていく」と言って聞かない七海と、そんなやりとりをしながら廊下を歩く。
　――そのタイミングでのことだった。
「そういや玲於、最近全然来なくなったよねぇ。出禁解除されたの？」
「んや？　好きな子できたから真面目になろうと思ってるだけ」
「あははっ、そうなん？　じゃあまずはその金髪どうにかしてほしいんだけどー？」
「な。でもなー、金髪だったら見つけてもらいやすいから」
「あはっ、それはたしかに！」

聞きなれた声に視線を向けると、見慣れた金髪の男子生徒――芦原くんが向かい側から歩いてくるのが見えた。

仲よさげに話しながら隣を歩いていたのは、芦原くんと親しい関係であろう生徒会長。

前にも一緒にいるところを見たことがある。

つややかな黒髪に、大人っぽい顔つき。

芦原くんとの身長差もほどよくて、並んでいる姿を見たら、きっと誰もがカップルと間違えてしまうだろう。

ズキン……と胸のあたりが痛んだ。

……このふたり、やっぱりすごくお似合いだ。

わたしなんか比にもならないくらい、芦原くんと会長はバランスがとれている。

会長は頭もいいし、きっと経験も豊富で。

わたしにしてくれたみたいに……いや、わたしにしてくれたことよりもっと優しくて甘いことを、会長ともしているのかも。

そうだよ、わかってたじゃん、そんなこと。

芦原くんに直接確かめるまでもない。芦原くんにとってわたしはただのエキストラ。

大事な人は、会長なんだよね。

「二瀬？　なに止まって……げ、」

足を止めたわたしに声をかけようとして、七海も芦原くんの存在に気づいたみたいだ。

よっぽど嫌いなのか、「げ」って思いっきり声に出しちゃってる。

「……七海、わたし忘れ物した……」
「は？」
「ご、ごめん、先に帰ってて」
「ちょ、はあ!?　二瀬！」
　芦原くんと目が合う前に、踵(きびす)を返す。
　七海の焦った声には振り向かず、早歩きで来た道を戻った。
　わたし、芦原くんにどんな顔をして会えばいいの？
　普通になんかできっこない。芦原くんがいつもどおり接してくれたとしても、きっとわたしはぎこちなく返しちゃうもん。
　同じ土俵に立ててもいないくせに、会長のことをこんなにも敵対視しているってバレたくないから。
　芦原くんを下の名前で呼べる会長が。
　芦原くんと親しい関係でいられる会長が。
「……ずるい……」
　わたしは、羨ましくてたまらない。
　ぽつりと呟いたわたしの情けない本音は、誰の耳に届くこともなく空気に溶けていく。
　胸が苦しい。痛い。
　寂しくて、虚(むな)しくてしょうがない。
　芦原くんのことを考える時間はドキドキすることばっかりだって思ってたのに、最近はズキズキしてばっかりで、わたしの処理速度を超えてくる。
　もうやだ。

なんでわたしは、こんなにも振り回されてばっかりなんだろう。

なんで、芦原くんのことばっかり考えちゃうんだろう。

わたしの意思とは関係なく、ぽたぽたと涙がこぼれてくる。

放課後で、廊下を歩く生徒がまったくいないわけではなかった。

ひとりで泣きながら歩くヘンな人に思われたくなくて、足早に自分の教室に向かった。

ホームルームが終わってから１時間以上たっていたこともあり、教室にクラスメイトの姿はなかった。

当然、「忘れ物をした」なんていうのは芦原くんの視界に入らないようにとっさについた嘘なので、教室に用事なんかない。

だけど、芦原くんとわたしは帰り道が駅までは同じ方向だから……時間をずらさないと、追いついちゃうかもしれないから。

芦原くんは、べつにわたしじゃなくてもいいんだ。

わたしじゃない女の子と一緒にいるところなんか見たくないって思うのは、ただのわたしのわがままで、勝手な独占欲で。

ちゃんとわかってた。

わかった上で、芦原くんに期待していたんだ。

芦原くんが言ってくれた『好き』が、わたしと同じ重さで、温度だったらいいのにって。

……こんなの、もう、どうにも誤魔化せないじゃないか。

どうしてもっと早く気づけなかったんだろう。

……いや、もしかしたら、わたしが意図的に気づかないふりをしていただけなのかも——。

「——ひろっ」

そんなことを考えていた矢先。

教室の扉が乱暴に開けられたと同時に、焦ったような声色で名前を呼ばれた。

釣られるようにバッと体を起こすと、そこにはなぜか芦原くんの姿があり、わたしは目を見開いた。

「な、なんで……芦原くんが……」

芦原くんと会いたくなくて教室に戻ってきたのに。

遠目で見かけた時、芦原くんはわたしの姿に気づいていなかったはずだ。

わたしがいなくなったあと、七海と何か話をしたのかな。

だとしても、芦原くんがわたしを追いかけてくる理由なんて——。

「ひろとちゃんと話したかったのに、俺のこと避けてばっかだから」

「っ」

「実際、俺のこと見て逃げただろ、今も」

図星をつかれ、返す言葉がなかった。

気づかれていないと思っていたのに……バレバレだったみたいだ。

芦原くんが、わたしの席の前までやってくる。

１週間ぶりに近くて見る金髪は、やっぱり太陽みたいに眩しくて、まっすぐ見ることができなかった。

「……この間の……お昼の時のこと、謝りたかった」

芦原くんの静かな声が響く。

どくん、どくん、と心臓が騒（さわ）がしい。

先週のお昼休みの出来事。

吉良くんが芦原くんに聞いた、わたしが芦原くんの付き合ってきた女の子と違うかどうかの質問に「そういうんじゃない」って、芦原くんははっきりそう言ったんだ。

忘れてなんかいない。

好きって言ったり、そうじゃないって否定したり……わたしは芦原くんの言葉ひとつひとつに感情を揺らがされてばかりだった。

それでも、一緒にご飯を食べたり勉強会をした時間はすごく楽しくて、宝物で。

このまま芦原くんのそばにいてもいいのかなって、期待もした。

「あの時は恥ずかしかったっつーか……とっさに否定したけどホントはそうじゃなくて」

だから大事なことを忘れてしまっていたんだ。

芦原くんは『高嶺の問題児』で、ソコウフリョウで、女の子には全員に優しいってことを。

会長みたいに近しい関係の人もいるってことを。

「……俺は、最初からひろが——……」

「も、もう、嘘つかなくていいから」

「……は？」

今さらわたしが自分の気持ちに気づいたところでどうにもならないなら。

「……好きでもない人に、無意味に優しくしないで、芦原くん」

わたしのものになってはくれない芦原くんの優しさは、余計に苦しいだけだから。

再びじわじわと込み上げてくる涙を堪え、きゅっと唇を噛む。油断したらこぼれてしまいそう。

震える声でそう言って、目は合わせないままカバンを持って立ち上がる。

「は……？　ひろ、なに言ってんの？」

「っか、会長さん待ってるんじゃないのかな。一緒にいたもんね」

「そんなの今どうだっていいだろ」

「……っだめだよ。早く戻ったほうがいいよ」

「おいひろ、話聞けって」

これ以上、芦原くんのことで悩みたくない。

今ならまだ引き返せる。

今ならまだ、なかったことにできる気がする。

「っわたしは芦原くんの遊び相手にはならないって言ったもん……！」

静かな教室にわたしの声が響く。震えて、掠れて、情けない。

涙がぼたぼたとこぼれ落ちる。ぐちゃぐちゃの泣き顔をみられたくなくて、顔を上げられなかった。

「……は、なんで泣いてんの？」

「泣いてない……」

「泣いてんじゃん」

「っ泣いてない、ってば……っ」

「なあ、こっち見ろってひろ！」

涙を拭(ぬぐ)おうとした手をグイッと掴まれる。

不可抗力で視線が交わって、ぎゅうっと唇を噛んだ。

なんで泣いてるの、なんて。

そんなの芦原くんのせいに決まってる。

「……っこうやって、彼女でもない人に触れちゃう人だもんね、芦原くんは」

「はあ？」

「……もうからかうのやめてよ。芦原くんにとっては大したことないことでも、わたしはすぐ本気にしちゃうんだから……っ……」

「ひろ、何言って……」

目を逸らし、情けなく涙を流しながら俯く。

「っ、好きじゃないなら優しくしないで。ほうっておいてよ……っ」

違う、こんなことが言いたいんじゃない。

惨(みじ)めな自分を自覚するだけだから、もうこれ以上、何も言いたくないのに、わたしの意思に反して感情に任せて言葉がぽろぽろこぼれ落ちる。

「……本気でそう思って言ってる？」
　芦原くんの声のトーンが低くなって、びくりと肩を揺らした。
「俺が、ひろのことずっと遊びで構ってたって、思ってんの？」
「……っそうだよ」
「だったらそれ、俺の目見て同じこと言えよ」
　三白眼が怖い。
　声色こそ落ちついているものの、瞳はいつになく鋭(するど)くて、怒(いか)りや悔しさのような感情が見えた。
「……嘘つきはどっちだよ」
「……っやだ、離してっ」
「ひろが勝手に俺の気持ち決めつけんなよ。冗談で済まそうとすんな」
　掴まれた手首にグッと力が込められる。
「俺のこと、ホントにもう嫌いになった？」
「……っ」
「ひろ、答えろよ」
「っ、そう……だってば、っ」
　もうやめてよ、これ以上わたしのこと振り回さないで。
　素直に気持ちを伝えるのが、わたしは怖くて仕方ない。
「っ芦原くんのことなんか、だいきら──っ」
　嫌いって言葉に出して、本当にきみを嫌いになれたらどんなにラクだっただろう。
　言葉ごとのみ込むように、唇を塞がれた。

「それ以上言うな」と言われているみたいな荒っぽいキスに、思考はあっという間に支配される。
「ん……っ」
角度を変えて何度も重なる口づけは、呼吸する暇も与えてくれなくて苦しい。
芦原くんの制服にしがみついてなんとかバランスを保っているものの、手を離したらへなへなとその場に座り込んでしまいそうなほど、わたしは芦原くんのキスについていくのに必死だった。
「はあ……っ、は、あ」
「嫌いなら、もっと抵抗すれば？」
唇を離されたと思った直後、耳元でささやかれた意地の悪い言葉に、かあっと全身が熱を帯びた。
本気で抵抗しようとしてないことも見透かされている。
「俺のこと嫌いなんでしょ。やめてって突き放せばいいじゃん」
「あ、あしはらく……っ」
「あー……でも、ひろはお人好しだから断れないか？」
「ひぁっ……」
首筋をぺろりと舐められて、ヘンな声が出る。
そのままそこにカリ……と歯を立てられた。少しの痛みを走らせたあと、芦原くんがそこに優しく口づける。
芦原くんの噛みグセが、どれだけわたしを夢中にさせているか知らないんだ。
ずるいよ、意地悪だよ芦原くん。

　力が抜け、芦原くんの肩に寄りかかる。目は合わせられなかった。

　強がっているくせに、心のどこかで芦原くんとまた触れ合えたことがうれしいと思っている自分がいる。

　それが恥ずかしくて情けなくて、虚しかった。

「ふぇ……っ、うう……」

「……ひろ、俺は……」

「……最低……っ」

　芦原くんといると苦しいの。

　わたしがわたしじゃなくなって、素直に思ったことを伝えられなくなる。

　嫌われたいわけじゃないのに、バカみたいだ。

「芦原くんのこと……嫌い、だよ」

　こんな気持ちになるくらいなら、きみを好きになんてなりたくなかった。

奪いたくても奪えない

【理久side】

「待って七海くん、俺が行く」

「は？　おま……」

「ごめんね、ひろに避けられんの、これ以上はきついんだわ」

あー、クソ。最悪だ。

思い出しただけで、むしゃくしゃしてしょうがない。

へたくそな嘘をついて芦原を避ける二瀬を追いかけようとしたら、俺たちの……いや、二瀬の存在に気づいた芦原に先を越された。

言い返す暇もなく芦原が走り出して、俺みたいなエキストラはお呼びじゃないんだろうなって思ったら怯(ひる)んで、足が動かなかった。

『ひろに避けられんの、これ以上はきついんだわ』

……なんだよ、必死な顔しやがって。

芦原のことが俺は嫌いだ。

いつも余裕ぶってるところとか、めんどくさがってやらないだけで、じつはかなり才能に長(た)けているところとか、あっという間に二瀬の意識を奪ってしまうところとか。

むかつくし、悔しいし、死ぬほど羨ましい。

べつに、二瀬のことが好きで関わり始めたんじゃないくせに。

遊びのつもりで関わったら思いのほかかわいくて、まんまとハマっただけのくせに。

　俺のほうが二瀬を知ってる。

　俺のほうが——芦原よりずっとずっと前から、二瀬のことが好きなのに。

　好きなやつのことくらい、見てればわかる。二瀬が誰を好きなのかも、俺のことを１ミリも意識してくれていないところも、全部イヤってほどわかってるんだよ。

　最近、二瀬がやけに落ち込んでいるのが、俺は気になって仕方がなかった。

　俺はふたりの間に何があったのか詳しく知らなかったから、永野にこっそり話を聞いてみたら『芦原くんのことで悩んでるみたい』と漠然としたことを言われた。

　……それから。

『七海、今がチャンスかもねぇ』

『はあ？』

『ひろが芦原くんとケンカして落ち込んでる隙につけ込んじゃえばいいじゃん』

　そう永野に言われて、はんって鼻で笑った記憶がある。

　俺に脈があるかもって勘違いできるくらい二瀬があたふたしてくれたら、今ごろとっくにつけ込んでるっつーの。

　中学時代が二瀬に男の影がまったくなかったから、自分に振り向いてもらえないことを問題視していなかったけど、芦原が現れてからは、イヤでも痛感させられた。

　二瀬が俺のことを好きになってくれる日は来ないんだ、って。

冬休みに遊びに誘ったのは、今さら悪あがきをしたかったわけじゃなくて。

ただ本当に、二瀬の気分が少しでも明るくなればいいなって思ってのことだった。

そりゃあ、本音を言えば、二瀬とふたりでデートみたいなことができたらな、とも思ったけど。

永野がいたほうが俺もヘンに緊張せずにいつもどおり接することができるし、何より二瀬も楽しめるんじゃないかって思ったんだ。

「きみ、あの女の子のこと好きなんでしょぉ」

図書室での出来事を思い返していた俺に、ふとそんな声がかけられる。

「はい？」

「わかりやすいもん、きみ。そんで玲於も、あの子にだけは感情むき出し。ライバルなんじゃないの？　追いかけなくて平気？」

「俺はそういうんじゃないんで」

「あ、なるほど？　もうすでに諦めたタイプかぁ。不憫(ふびん)くんって呼んでもいい？」

「やですよ、なんすかそれ」

さっきまで芦原と一緒にいた女の先輩。

たしか、この学校の生徒会長。

芦原の、二瀬への関わり方を見ていれば、会長と芦原が恋人関係であるとは考えられないから……幼なじみか、もしくは会長の片想いが妥当(だとう)か？

「会長は、芦原のこと好きとかじゃないんですか？」
　せっかくだし聞いておくか、と気になったことを質問すると、会長は一瞬目をまるくしたあと、「あはっ、そりゃないわぁ」と言ってけたけた笑い出した。
「玲於はただの悪ガキだよ。ほら、高嶺の問題児って呼ばれてるふたりいるでしょ？　あのふたり、よく生徒会の定例会でも話題になってて、先生から『生徒会からも指導してくれ』って言われてるんだよ。その兼(か)ね合いで顔合わせる機会が多くて仲良くなったって感じかな」
「はあ、なるほど」
「生徒会室にソファがあってね。玲於、サボりすぎて保健室出禁になったから、ときどきそこに寝に来てたんだよね。最近は『好きな子が真面目な子だから俺もサボるの控えてる』みたいなこと言ってたけど」
「好きな子ですか」
「そう。まあ、見る限りあの子だよねぇ」
　芦原が走っていった廊下を見つめながら、会長が言う。
　なるほど、本当にただの良好な先輩と後輩(こうはい)関係だったみたいだ。
「……いいっすねぇ、両想い」
　……このこと、二瀬は知ってんのかな。
　勝手なイメージではあるものの、芦原って二瀬の知りたい情報全然伝えてなさそうだし。
　勝手に誤解してまたなんかこじれてたら、芦原にざまあって笑ってやろうかな。

　どうせ何回こじれても、結局お互（たが）いのことしか頭にないんだろうから。
「なはは、それ完全に当て馬のきみが言うとめっちゃ虚しいね！」
「虚しいとか言わないでもらえます？」
「ね、面白いからもっと話したいんだけど。途中まで一緒に帰ろーよ」
「やですよ、ひとりで帰ります」
「あはっ、虚しー！」
「だから。虚しくないんでやめてください」
　奪いたくても奪えなかった、俺の好きな人。
　泣き顔なんか似合わないから早く解決しろよ、ばぁか。

Section. 4

全部運命だって信じたい

「二瀬、こっち」
　12月23日、午後２時。
　駅の改札を抜けてすぐ、わたしに気づいた七海が手を振った。
「ごめん待った？　早いね」
「さっきまで妹の買い物付き合わされてた。つか、二瀬も早いだろ、まだ約束の15分前」
「雪だからって気持ち早く出たら、時間どおりについちゃって……」
「あー、なるほどな」
　七海は、黒のボアジャケットにゆるいシルエットのボトムスをはいて、ベージュのキャップを合わせている。
　制服の印象ばかり強かったから、いつもと違う柔らかい雰囲気は違和感があった。
　……うーん。
　こうしてあたらめて見ると七海ってやっぱりかっこいいし、モテるのもなんとなくわかるかも。
　中学の時からの付き合いで七海の口と意地の悪さに慣れちゃったから、わたしが今さら七海を好きになるなんてことはないけど……惹(ひ)かれる人は多そう。
「じろじろ見んなハゲ」
「えぇごめん……」

……うん。ホント、この口の悪さを知らなかったらの話だけど。

「ていうか、七海ってアニメとか見るの？」

「少年漫画原作のアニメはわりと見るよ」

「へえー」

「今日見るやつは原作も好きだし……って、この話１年の時に二瀬としたことあるって」

「え、そうだっけ？」

「おまえホント、人の話聞かねーよな。俺のことなめてんの？」

「なめてないよ……！　すぐ怒らないで七海」

同じ話をしたのは悪かったけど、七海とプライベートで会うことがなさすぎて、何を話していいかわかんないんだもん。

学校で普段から千花ちゃんと同じくらい一緒に行動しているわけでもないし……ヘンに緊張しちゃうなぁ。

今日は千花ちゃんの提案で、最近公開された人気アニメの劇場版を見に行くことになっていた。

そのあとは焼肉を食べに行って、七海とは解散。

せっかくの冬休みだからということで、七海と解散したあとは千花ちゃんのおうちでお泊(と)まり会をするっていう予定。

──だったのだけど。

「つーか、二瀬はよかったのかよ。永野いなくて」

「寂しいけど……来れないものは仕方ないよ。それに、夜は予定どおりお泊まりできるって言ってたから平気」
「……ふーん。あっそ」
　なんと残念なことに、千花ちゃんが急遽来れなくなってしまったのだ。
　千花ちゃんは昨日から隣県のおばあちゃんの家に家族で遊びに行っていて、今日の約束には間に合うように午前中には戻る予定だったけれど、帰り道で渋滞につかまってしまい間に合わなくなってしまったみたいなのだ。
　お昼ごろに千花ちゃんから電話があり、お泊まりはぜったいにできるから大丈夫ということと、映画の時間には確実に間に合わないのを知らされていた。
《ひろ、ごめんね……。朝結構早く出たんだけど、パパもこの渋滞は想定外だったっぽい……。夜更しできるようにいっぱいお菓子買っておくから許して……》
「ぜんぜん大丈夫だから気にしないで！」
《時間中途半端になっちゃいそうだから、あたしはお泊まり会だけにする……。七海に優しくしてあげてねひろ》
「うん、わかった。っていうか、七海のほうがわたしに優しくしてほしい……」
《あはっ！　七海は天邪鬼だから仕方ないわそれは！》
「千花ちゃん、それいつも言うけど全然意味が……」
《えー？　とにかく、ホントごめんね。七海にもちゃんと連絡しておくから、夜にまた会おうね。いっぱい話聞くからね！》
　そんなわけで、今日は七海とふたりきりで過ごすことになったのである。

千花ちゃんには、冬休みに入る前に一連の流れをすでに報告済みだった。

芦原くんのことと関わるうちにいつの間にか好きになってしまっていたことも、素直に気持ちを伝えることが怖くて「嫌い」と言ってしまったことも、クリスマスにイルミネーションを見に行く約束をしていたことも、全部だ。

『ひろが納得いく選択をしてほしいな。結局決めるのはひろしかいないからさ。あたしはずっと見守ってるよ』

千花ちゃんはわたしの話を否定も肯定もしなかった。

わたしが素直になれなかったから。

嫌いって言ってしまったから。

今度こそ芦原くんとはこれまでどおりには関われないまま冬休みが来て、当然のごとく、明日に迫ったクリスマスイブの話も何ひとつ進んではいなかった。

芦原くんのことを好きでいるのはやめる。

もう関わらない――関われないから、この気持ちは時間をかけて消化する。

この選択に、わたしは本当に「納得」したって言えるのかな。

……って、だめだなぁ。こんなの、「納得」じゃなくて「後悔」してるだけじゃないか。

『ひろが勝手に俺の気持ち決めつけんなよ。冗談で済まそうとすんな』

ふとした時に脳裏をよぎる芦原くんの苦しそうな表情が

忘れられない。

わたし、もうどうしていいかわかんないよ。

芦原くんに会いたい。

触れたい。触れてほしい。

今度こそ正直に、ちゃんと目を見て好きだって伝えたいよ。

「二瀬、意識飛んでる。戻ってこいバカ」

そんなことを考えていると、目の前で手を振られた。

瞬きをしてハッとする。

そうだ、今日は七海と過ごすんだから、芦原くんのことばっかり考えてるのはやめよう。

せっかく友達と遊ぶんだもん。頭の中を空っぽにしてめいっぱい楽しもう。夜は千花ちゃんとお泊まりだから、ゆっくり話もできる。

「ごめんねっ」と謝ると、チッと舌打ちをされた。

七海はやっぱり、わたしには少し冷たい。

「……永野が来ないなら二瀬も来ないかと思った」

「えぇ、そんなことないよ？　楽しみにしてたもん、映画」

「はいはい映画ね」

はあ……と七海がため息をつく。

七海は楽しみじゃなかったのかなぁ。

七海って普段から遠回しな言い方をするから、バカなわたしじゃなかなか理解できないことばかりだ。

千花ちゃんがいたらわかったかもしれないけど、今日はいないからしょうがない。

「七海、今日はわかりやすい言葉で話してね」
「はあ？」
「翻訳係(ほんやくがかり)いないから。あんまり意味わかんない発言しないでくれるとたすかる」
「おっっまえ……完全に俺のことなめてんだろ。だいたいおまえが鈍感バカすぎるのが原因だろーが」
「えええ……？」
「もういいわ……」
　あれれ、諦められてしまった。
　「歩くの遅すぎたら置いてくからな」と優しさの欠片もない言葉をかけられ、慌てて七海の隣にかけよった。
　千花ちゃんがいないのは残念だけど、映画はすごく楽しみだからこれはこれで楽しんじゃったほうがいいよね。
「楽しみだね、七海！」
「おまえはホント……気楽でいいね」
　うーん。
　やっぱり七海の日本語はよくわかんないや。
「……なんか、まじのデートみてえ」
　ぼそっと呟かれた七海の声は、うまく聞き取れなかった。

　映画を見終えたあとのこと。
　ごはんにするにはまだ早いからと、わたしたちは近くにあったカフェに寄った。
　１年生の時にも何度か千花ちゃんと訪れたことがある、クリームソーダがおいしいお店だ。

夕暮れ時のカフェはティータイムをしに来るお客さんが多く、とてもにぎわっていた。

タイミングよく空いたテーブル席に通され、わたしはクリームソーダ、七海はアールグレイティーを頼んだ。

「映画おもしろかったね」

「な。完成度高かった」

しゅわしゅわ……と、口の中でメロンソーダがはじける。バニラアイスの冷たさは、冬にはちょっと寒かった。

ぶるりと身震いをするも、おいしさには抗(あらが)えなくてストローでもう一口味わう。

「続編あるらしいし、公開されたらまた……」

「ん？」

「……いや。また人気出るだろうなって。原作とかも、こっからが盛り上がるとこじゃん」

「たしかに！」

公開されたらまたすぐ見に来たいな。

そう言えば、「その時もおまえが寂しそうにしてたらな」と七海が眉を下げて力なく笑った。

「なあ、二瀬」

ふと、七海がわたしを呼んだ。

アールグレイを飲む姿ががやたらサマになっていて、私服のせいもあり大人びて見える。学校で話している感覚とは違う。

七海が、少しだけ遠い存在に思えた。

「ん?」と理由を問うようにそう言えば、七海が再び口を開く。
「焼肉、今日はやめてさ、これ飲み終わったら帰んねえ?」
「え?」
「永野もう家にいるんだろ?　あいつたぶん変に気使って途中参加しなかっただけだと思うし、今度また3人で食べに行こうぜ」
予想外の提案だった。
たしかに、もともと3人で行こうと決めていたことだったし千花ちゃんがいたほうがもっと楽しいとも思う、けど。
「七海がいいならわたしもそれでいいけど……お肉食べたかったんじゃないの?」
「俺そんな肉好きアピールしてねえだろ」
「ええ?　でも焼肉とかいいじゃんって言ったのたしか七海で……」
冬休みどこに行く?という話が出た時、映画は千花ちゃん、焼肉は七海が提案してくれたのだ。
「七海のくせにいい案出すじゃん!」と肩をばしばし叩く千花ちゃんに、七海が心底だるそうな顔をしていたのを覚えている。
わたしはてっきり、七海が焼肉に行きたいけどひとりじゃ行けないからついでに提案したのかと思っていた。
もちろん、わたしも千花ちゃんもお肉は好きだから、断る理由なんてなかったのだけど。
そう言えば、「おまえはとことん俺を寂しいやつにしたがんのな」と呆れたようにため息をつかれた。
　いやあ、べつにそういう意図はなかったんだけどな。
「……俺は、二瀬が……」
「わたし？」
「……食べて元気になるのが肉かなって思っただけだし」
　小さな声で言われた言葉に、クリームソーダから目を逸らして七海に視線を移す。
　ふいっと目を逸らされ、「安直で悪かったな」と何故か謝られた。
　七海がじつはちょっとだけシャイで、優しい人だってこと。わたしはちゃんと知ってるよ。
　口が悪くて、わたしと千花ちゃんにばかりあたりが強いところは直してほしいけど、そんなところも含めて七海のいいところなんだろうなとも思える。
　いい友達をもったなぁ。
　わたしにはもったいないほど、まわりの人たちが優しくて涙が出そうだ。
「七海、ありがとね。お肉好きだよ！」
「あっそ。まあどっちみち今日は行かねーけどな。この時間にデザート食ったんだし永野の家までは空腹ももつだろ？」
「クリームソーダは飲み物だよ」
「ソーデスカ」
　七海にも千花ちゃんにも、たくさん感謝の気持ちを伝えていきたいな。

「ね。焼肉、今度ぜったい行こうね！　3人で！」
「だからぁ……3人を強調すんなっての……」
「え？　なんか言った？」
「言ってねーよ。つーか、おまえいつも耳遠すぎだから。耳鼻科行けば？」
「ひどいぃ……」
むうっと口を尖らせて七海を睨むと、七海はわたしの頭をぐしゃぐしゃと乱暴に撫でた。
ここ数か月、人に頭を撫でられる機会が増えた。
子どものころに両親や親せきの大人にされる以外にめったにないはずの行為（こうい）なのに……と、そこまで考えて、キュッと胸が痛む。
……芦原くんのせいだ。
首筋に噛みつくのも、優しく頭を撫でるのも、全部芦原くんのクセだもん。
すっかりあの感覚に慣れてしまった自分が憎（にく）い。
七海にされたものより優しいあの心地を、わたしは忘れられずにいる。
……今、ここに芦原くんはいないのに。
誰といても、どこにいても、芦原くんのことばっかり考えてしまうんだ。
好きなの、きみのことが。
全部正直に伝えたら、芦原くんはどんな顔をするのかな。
「あのさぁ、二瀬」
「……ん？」

「おまえはいつも、人のことばっか考えすぎなんだと思うよ」

　頭に乗せられた手が離れ、七海の手のひらの温度が消えた。

　俯きがちだった顔を上げ、七海を見つめる。

　もう湯気が立たなくなったアールグレイが、視界の下方に映っていた。

「もっと二瀬の好きなようにすればいいのにって俺は思う。なんでも頷いて、空気を読むだけがいい子とは限んない」

「え……っと……」

「相手がどう思うかより先に、自分がどう思ってるか、どうしたいかを尊重しろよ。人のことばっか考えてたらつかれるじゃん」

　どうして急に、七海がそんなことを言い出したのか。

　思い返す必要もなく、わたしには心あたりがあった。

　七海と図書室で話したあの日のことだ。

　何も言葉には起こしていないけれど——なんとなく、七海にはすべて見透かされているような気がしていた。

「二瀬だって、もう自分で気づいてんだろ？　ちゃんと気持ちは伝えたほうがいい。いつかいつかって先延ばしにしてると俺みたいになる」

「七海みたいに……って？」

「もう俺に振り向いてくれなくていいから、ぜったい幸せになれって願ったりするようになるってこと」

　中学生の時に七海と知り合って数年がたつけれど、七海に好きな人がいるという話は聞いたことがなかった。

千花ちゃんによくいじられている様子があったけれど、もしかして、その子のことだったのだろうか。

恋って、全然理屈(りくつ)じゃないんだ。

頭で思っていても行動できなかったり、思ってもないことを口にしてしまったり。

七海もずっとそういう気持ちを抱えていたのかな。

全然知らなかった。言葉にされてようやくわかることが、世の中にはきっとたくさんあって——。

「もう逃げんのやめろよ。後悔すんのも悩むのもそれからにしろ」

「……っ」

……七海の言うとおりだ。

わたしはまだ何も声に出してはいなくて逃げ続けているくせに、相手の気持ちは勝手に決めつけるなんて……そんなの、ただのわたしの思い込みじゃないか。

まさか七海とこんな話をする日が来るとは思わなかった。とはいっても、わたしがわかりやすすぎて愛想をつかされただけかもしれないけれど。

それでも、七海の言葉にハッとさせられたのは事実。

自分の気持ちに嘘をついて逃げることを、正しいとは言わないから。

「……ありがとう七海」

「べつに、俺は失敗談を話しただけ」

どこまでも七海らしいなと思った。

「つーか、二瀬には幸せになってもらわないと俺が困るから」
「ええ、そうなの？　なんで？」
「……なんでも。いいからほら、早くそれ飲みきれよ。帰れねーじゃん」
「急かさないでよー」
　今日、七海と話せてよかった。
　そう思った、夕暮れ時のこと。

「千花ちゃんが『七海もうちでご飯食べてけば？』って言ってるけどどうする？」
「あー、俺はいいわ。家、逆だし」
「そっかー」
「てか二瀬、送っ……なんでもね」
「え、何？」
「送ってくって言おうとしたけど、おまえ断るからやめた」
「あはは。うん、七海の家真逆だもんね」
「おまえは、もうちょいその鈍さは直したほうがいいと思う。バカが際立つ」
「なっ……七海もその口の悪さは直したほうがいいと思う！」
　結局、七海とわたしは朝と同じ駅で解散することにした。
　カフェを出て、わたしたちはそんなやりとりをしながら帰路につく。
　夜ご飯は、クリスマスパーティーをかねて千花ちゃんの家で食べることになった。
　今の時刻は17時。
　夕飯にするにはまだ余裕があるし、ゆっくり来ていいよと千花ちゃんには言われている。
　千花ちゃんはお菓子をいっぱい買っておくと言ってたから、わたしはケーキか飲み物を買っていくのがいいかなぁ。
「ホント、こうして見ると世の中クリスマス一色だよなぁ」
　なんて、そんなことを考えながら歩いていると、七海が感心するような声色で言った。
　12月に入ったあたりから街はクリスマス仕様になっていたけれど、クリスマスイブを明日に控えた今日はより活気を感じる。
　見渡す限りイルミネーションが施(ほどこ)されていて、クリスマスケーキやチキンなどを売り出しているお店も多く見受けられた。
　思い返せば、さっきまでいたカフェの入り口もリースが飾(かざ)られていたっけ。
「そういえば、今年は永野とイルミネーション見に行かないんだって？」
「……あ、うん」
　千花ちゃんとは行かない。
　芦原くんと約束しているから。
　だけど、わたしが芦原くんと距離をとってしまったから、その話は停滞(ていたい)したままだ。
「すぐそこだし、このままちょっと寄ってみる？」

この街を彩るイルミネーションは、クリスマスの醍醐味。

きらきらしたものが大好きで、イルミネーションは何度見ても飽きない。これまでのわたしだったら、「行きたい！」って食いついていたんだと思う。

……だけど、今年のイルミネーションは芦原くんと見るって約束だったから。

もし、もうほかの女の子……会長と約束を入れていたとしても、それはわたしが逃げ続けたことによる自己責任。

わたしが七海とカフェでのんびり過ごしていた間だって、芦原くんは女の子といた可能性だって十分あるんだから、もうそんなこと考えるのは今さらだ。

振られちゃったら……って思うと怖いけど、後悔するのも悩むのも、ちゃんと向き合って答えを受け止めてからにする。

「ご、ごめん七……」

「……っ待った、やっぱ今のナシ！」

謝ろうとした時、わたしの声に被せて七海が言った。

「人の多さを考えたら急に面倒になってきたしまっすぐ帰ろ、うん、そうしよう」

「え、七海」

「だいたいイルミネーションなんて、おまえと見たところでただの電気の集合体だったわ」

「ちょっ……夢を壊すようなこと言わないでよ！」

「事実だろバーカ」

一瞬だけ七海の表情が泣きそうに見えたけれど……こんなに早口でイミネーションのロマンを台なしにしている様子を見ると、見間違いだったみたいだ。

こういうところが、やっぱり七海は七海だと思う。

「七海、すぐバカって言うのよくないよ」

「たしかに。二瀬のバカは言っても直んねーしなぁ」

「わ、悪口……！」

駅につくまでの残りの道は、ずっとそんなやりとりをしていた。

好きな人の好きな人

【理久side】

「今日はありがとう、楽しかった。また学校でね」

「ん。気をつけて帰れよ」

「七海もね。ヘンな人に会ったら走って逃げるんだよ」

「おまえバカにしてんだろ」

「心配してるんだよ……」

「うぜーから早く帰れ。散れ」

「ひどい！」

「七海の人でなし……」と小さく呟く二瀬。

「なんか言った？」とわざとらしく圧をかけると、むっと口を尖らせたまま「何も言ってないもん！」と返された。

いやいや、聞こえてたけどな、全部。

どうやら二瀬は家で待っている永野にケーキを買っていくらしく、これから帰り道にあるケーキ屋さんに寄ると言っていた。

冬は日が落ちるのが早いから、俺としては送り届けたい気持ちがあったものの、相変わらず男心が……というか、俺の恋心にまったく気づいてくれない二瀬が、帰る方向が真逆の俺に気をつかって送らせてくれないこともわかりきっていた。

どこまでもぶれない鈍感さは、ここまでくると清々(すがすが)しい。

イルミネーションのことだってそうだ。

　何も話は聞いていないけれど、あの様子じゃ、クリスマスに芦原と約束でもしているのだろう。

　じゃなかったら、帰りに少し寄り道するくらい、二瀬が断るはずがないんだ。

　二瀬を好きになってから今日まで、一度だって二瀬の気持ちが俺に向いたことはなかった。

　いつかいつかと後回しにしているうちに俺の好きな人には好きな人ができて、かろうじて向いていた意識すら、全部奪われてしまった。

　これが、俺のダサい片想いの末路である。

　だけど、長い間片想いを拗らせてしまったことも、最後の最後まで「好き」だと伝えることができなかったこともこの際どうでもいい。

「二瀬」

「うん？」

「……俺も、すげー楽しかったわ。ありがとな」

　二瀬が俺と過ごした時間を「楽しい」と思ってくれたことがこんなにもうれしいんだから。

　二瀬が芦原のことを好きでも、この時間は俺だけのものだ。

「素直な七海、ちょっとヘンな感じ」

「は？　うるせーわ」

　二瀬が「ばいばい」と手を振るから、俺も釣られて右手を上げて軽く振った。

　二瀬の姿が遠く見えなくなっても、俺はその場からしばらく動けなかった。
　帰ってしまったら、今日が終わってしまう。
　女々しいってわかっていても、もう少しだけ、この余韻を味わっていたかったんだ。
　学校以外で二瀬とふたりで会うことはもう二度とないような気がする。
　……いや、気がする、ではない。
　そうなんだ、ぜったいに。
　遅かれ早かれ、二瀬は好きな人に気持ちを伝えに行くだろう。
　うまくいったら目一杯茶化してやるし、うまくいかなかったらドンマイって笑ってやる。
　……まあ、後者になる可能性は限りなくゼロだけど。
　笑った顔が好きだった。
　ムッと口を尖らせて拗ねるところが好きだった。
　覚えが悪いところも、真面目なくせに頭が悪いところも、からかいがいがあるところも、言いたいことを言えなくて俺と永野になんだかんだ泣きついてくるところも。
「あー……くっそ……」
　涙が出るくらい、好きだったんだ。
　服の裾を伸ばして、こぼれ落ちる前に自分の目元を拭う。
　あーあ。告白してもないのに振られたことが確定して泣くとか、俺ってホントダサすぎる。
　天邪鬼なこともわかってる。芦原に取られるのはムカつくけど、でも。

「……幸せになってくんなきゃ困んだよ、ばぁか」

　二瀬を好きになったこと、俺はこの先もきっと後悔しないから。

　だからぜったい、幸せになってよ。

《もしもし、七海？　ひろから連絡あったよ、今からうちに来るって》

「そーですか」

《ねえ、鼻声だけどもしかして泣いてる？　ついに正面から振られた？》

「……うっざ。振られてねーし、告ってもねーし、泣いてもねえ」

《全然振り向かなかったねぇ、清々(すがすが)しいほどに》

「……まあ、俺の気持ちとか少しも疑ってないと思うし」

《うはは。でもまあ、あんたの気持ちわかる。あたしも、告る前に振られること確定してる人、好きになったことあるから》

「永野って好きな人いたことあんの？」

《あるよぉ。あたしの友達のことが好きで、天邪鬼で、告る前に振られて泣くような人。ダサいよね》

「……え？」

《これから、少しはあたしのこと意識してくれるようになるかなぁ》

「……え、待って」

《ねえ、七海はどう思う？》

ぜったい誰にも渡さない

【玲於side】

「玲於、ジャン負けで買い出し行こ」
「そんなん一緒に行けばいいじゃん」
「こたつから出たくないから玲於が負けるまでじゃんけんするつもりで言ってんだわ。はやく拳出せ？」
「思考やばすぎ」
　冬休みに入って１日目。
　首まですっぽりこたつにくるまっている茜が、右手だけ突き出してじゃんけんを急かしてくる。
　茜とはマンションが同じで、学校がある日もない日も関係なくどちらかの家で一緒に過ごすことが多かった。
　小さい時から変わらない、俺と茜のお決まりのスタイル。ちなみに、茜の家にはこたつがないから冬の９割は俺の家で過ごしている。
　寒いのは嫌いだけど、茜ほどじゃない。
　……しょうがないから買い出し行ってやるか。
　どうせ、じゃんけんをしたところで俺に行かせるつもりだったみたいだし。
　俺も相当めんどくさがりだと自負していたけれど、茜は俺のはるか上をいくめんどくさがりだから、必然と俺が動く機会が多くなる。
　もう慣れたから全然いいけど。

「わーったよ。なに欲しいの」

「ケーキとチキン」

「それ普通明日じゃねえ？」

「だって明日、玲於いねーじゃん。おれも用事あるし、玲於とクリスマス感味わえるの今日だけだから」

「俺とクリスマス感味わったところで何になるんだよ……」

こたつの中で、茜がごろんと寝返りを打った。

さりげなく足を蹴(け)られたので同じように蹴り返すとチッと舌打ちをされる。

見た目でいったら優しくて穏やかなのは茜のほうなのに、態度で見たら茜のほうがぜったい悪い。

だから怖がられるんだって、俺ら。

……て、いうか。

「明日いないって、俺言ったっけ」

「言ってないけどわかる。二瀬ひろと会うんだろ」

なんでわかんの、やばすぎ。エスパー？

茜って、人に興味なさそうなのに意外と見てるんだよなぁ。

ひろと会う。でもそれは、その約束が今も有効だったらの話だ。

「もう冬休み入っちゃったけど、まだ拗らせてんの？」

「……うるさいな」

「ヘタレすぎ。デートとか言ってる場合じゃなくね？」

「デートとは言ってねえだろ。茜が勝手にそう言った」

「ふうん。ま、なんでもいいや。おれには関係ないし」

自分からひろの話題を出しておいて適当すぎる。

自由すぎる茜に、はあ……とため息がこぼれた。

ひろと気まずくなってしまったのは、冬休みに入るちょうど１週間前のこと。

会いたいし話したいし触れたいけど、ひろが全然素直になってくれないから、ムカついて意地の悪いことを言ってしまった手前、なかなか連絡できずにいた。

ひろのことが好きで、独占したくて、ほかの男に触らせたくなくて。

ひろの反応を見る限り、完全にイヤがっているとは思えなかったから──結構、期待していたんだと思う。

ひろが俺をキョヒするのは、“イヤよイヤよも好きのうち”みたいなニュアンスだって思ってた。

なんだかんだひろは俺のことを意識していたと思うし、少なからず好意を持ってくれているとも信じていた。

だから「嫌い」ってはっきり言われた時は悲しかったし、俺って結構自惚れてたんだなって自覚して恥ずかしくなった。好きな子が思いどおりに手に入らなくてムカついて、無理やりキスして、痕（あと）つけて……って。

ホント、何やってんだ俺は。

我ながらガキすぎて情けない。

ひろとクリスマスを過ごすことをずっと楽しみにしてたのに、自分のせいでなかったことになるの、すっげーやだな。

だけどでも、何から話せばいいのかもわからない。

好きって伝えて、もう一回嫌いって言われたら……なんて、考えただけで怯(ひる)んでしまう。

ひろは、今ごろ何してるんだろう。

俺が知らない間に七海くんが覚醒(かくせい)して、ひろに猛アタックしてたらどうしよう。

こんなことを延々と考えているうちに時間は過ぎて、あっという間に今日だ。約束の日は明日。だから今日中には意地でもどうにかしないといけない、けど。

「わっかんねー……」

いくら考えたって、俺ひとりで答えが出るわけでもない。

「……頭冷やしてくる」

「ケーキとチキン、忘れずによろ」

「はあ、もー。売ってたらな」

ダウンのポケットに財布とスマホを突っ込んで、俺は外に出た。

まだ17時だっていうのに、あたりはもう真っ暗だ。

はー……と息を吐くと、空気が白く染まった。

今日の気温は氷点下。ご丁寧(ていねい)に雪まで降っている。

クリスマスシーズンだから、遠くまで行かなくてもケーキとチキンくらいならコンビニで売っているけど……せっかく食べるならお店で売っているもののほうがいいに決まってる。

クリスマスイブの前夜に、幼なじみの男とふたりで食べるためのチキンとケーキをひとりで買いに行く俺、冷静になると相当虚しくねえ？

……あーあ、最悪だ。

せっかくの冬休みなのに。

自己責任といえど、抱えたもやもやが晴れないままなのは気分がよくない。

イルミネーションに彩られた街並みを歩きながら、あたりを見渡して、頭から離れないあの子の姿を探す。

夢見ちがちなことだって、バカらしいことだってわかってる。

それでも、運命ってやつが本当にあったとして――偶然ばったり会ったりしないかなって。

「……は、まじか……？」

駅に続く歩道沿いにある、このあたりじゃ有名なケーキ屋が並ぶ道。

１軒(けん)のケーキ屋の看板を見つめる深いブラウンのロングコートを羽織る女の子の姿をとらえた時、思わず声がこぼれた。

半分冗談、半分本気で、期待していたんだ。

もしかしたら――本当に会えるんじゃないかって。

「――ひろ！」

人目もはばからず、彼女の名前を呼んだ。

俺の声に、ひろが看板から目を離して視線を移す。

目が合って、ひろが驚いたようにその場にかたまった。

「な、なん……なんで芦原くんが……えっ……ええ……？」

まさか本当に会えるとは思っていなかった。

ひろがいる。１週間ぶりに顔を見た。

いつ見たって、いちばん最初に思うのはやっぱり「かわいい」で、その次に、「好き」だから「触れたい」だ。

心臓がギューってなって、意味わかんないくらい鼓動が速くなる。

ひろの元に駆け寄ろうと足を動かそうとした矢先。

──ひろは俺がいるほうとは反対に走り出した。

はあ？　なんでだよ。意味わかんねーよ、ひろのバカ。

「バッッッカ、逃げんなひろ！」

「ひぃい！　追いかけてこないで……っ」

逃げ出したひろの背中を追って俺も走り出す。

冬の冷たい風が肌を切って痛かった。

体育の授業であった短距離走すら面倒で手抜きで走ったのに、こんな街中でダッシュする日が来るなんて思わねーよ。なんなんだこれ。

今タイム測ったら、ぜったい自己ベスト。

ぜったい捕まえて、ぜったい離さないから。

俺のこと嫌いなら、本当に心の底からイヤなら、本気で逃げきってみせろよ。

だってさあ、ひろ。会いたいって思っていた瞬間にばったり会うなんて、偶然っていうか奇跡(きせき)っていうか──運命だと思うんだよ。

「……こんなに好きなの、いい加減わかれバカ」

こんなに必死になるくらい──俺は、ひろのことが好きなんだ。

なあ、そろそろ信じてよ。

もう止められない気持ち

「はい、捕まえた」
「っはあ……っ足……ッ速すぎない……っ!?」
「俺が早いってより、ひろが遅すぎるんだと思うけどね」
　ぜえぜえと息を切らすわたしと、全然余裕そうにしている芦原くん。
　走距離はたぶん100mにも満たなかったと思う。
　掴まれた右手はいつの間にか恋人つなぎにされていて、ぜったいに逃がさねーぞ？という芦原くんのかたい意思を感じた。
　大通りを抜けて比較的人通りが少ない歩道に出たところで、芦原くんには追いつかれてしまった。
「なんで逃げんの」
「そっ……れは……」
　芦原くんに会って話をすると決めたばかりだったとはいえ、こんなにすぐにその時がやってくるとは思っていなかったからだ。
　心の準備ができていないからつい逃げてしまっただけだったんだけど……冷静に考えてみると、50メートル走が９秒台のわたしが芦原くんに勝てるはずがなかった。
　言葉に詰まって俯くと、「ひろ」と優しい声色で名前を呼ばれた。
　それだけで、どうしてか泣きそうになってしまう。

「……っ、芦原くん」
「ごめん、ひろ。今日はちゃんと納得できるまで帰せないよ」
走ったせいか、ふわふわの金髪は少し乱れていた。
三白眼に捕らわれる。瞳の中で、わたしが揺れていた。
「俺も、思ってること全部言う。だからひろも、嘘つかないで本当のこと言ってよ」
……芦原くん。
わたし、本当はきみに言いそびれたことがたくさんあるよ。
勝手な思い込みで判断したことも、嘘をついたことも、後悔したことも、たくさん。
今日の千花ちゃんとのお泊まりで相談に乗ってもらおう、知恵を貸してもらおう、って思ったりもしていて。
それから向き合ってみようと思っていたんだ。
こんな急展開、きっと誰も予想していなかった。
わたしは口下手だからうまく自分のことを話せないし、優柔不断だから、意見を求められるとどうしても相手が欲しがっている答えをあげようとしてしまう。
誰かを好きになったことがこれまで一度だってなかったから、恋の仕組みなんか全然わからないままで。
芦原くんと出会ってから、起こることすべてが未知で、脳処理が追いつかなくなった。
だって、頭で思っていることと行動が全然伴ってくれないんだもん。
感情のコントロールがきかなくなって、わたしは自分が思っていたよりもずっとわがままで独占欲がつよいことにも気づかされてしまった。

この気持ちの名前を、わたしはもうわかってる。

ちゃんと知ってるの。

なのに、なのに……。

「……っうぅ……」

どうして言えないの。

なんでこんなに、うまく言葉できないの。

喉(のど)まで出かかったたった２文字が、言えない。

恥ずかしさはとっくに通り越している。そうじゃなくて、それよりもこれは——怖さだ。

わたしがきみに抱えた感情を、うまく伝えられる自信がない。

言葉選びを間違えたら、伝わらなかったら、また傷つけてしまうかもしれない。悲しませてしまうかもしれない。

告白してだめだった時よりも、芦原くんにまた悲しい顔をさせてしまうことのほうがイヤだった。

言葉より先にこぼれた涙は止まることを知らない。ぽたぽたと落ちて、雪がうっすら積もる地面に溶けていく。

泣くことしかできない自分がどうしようもなく情けなくて——。

「ひろ、顔上げて」

「っ、う」

頬をかすめた指先が、優しく涙をすくう。

ままならない顔のまま視線を合わせると、芦原くんは「泣き顔もかわいいのな、ホント」といって小さく笑った。

照れたような、困ったような顔。

表情だけでは芦原くんの考えていることはわからなくて、次の言葉を待つ。

「言葉選んだり駆け引きしたりすんの、得意じゃないから。だから、先にいちばん言いたいことだけ言うわ」

そして、向けられた言葉に——また、涙がこぼれた。

「俺、ひろのことが好きだよ」

芦原くんの言葉が脳内で再生される。

……好きって言った。たしかに聞こえた。

これは——わたしにとって都合のいい夢じゃ、ないよね？

「避けられんのつらいし、会えないとつまんないし、ひろが俺じゃない誰かと付き合ったらやだ」

「……え、う……嘘……」

「ホント。いつだって会いたいし触りたいし、俺だけのもんにしたいって思ってた」

つないだ手が震えている。寒さのせいじゃないんだ、これは。たぶん、芦原くんは今すごく緊張しているのだと思う。

「……ひろは違う？　俺とは全然違う気持ちだった？」

わたしが知っている余裕そうな表情とは違う、少し不安げな表情の芦原くんに覗き込まれるように視線を合わせられて、心臓がぎゅっとなった。

好き、好きなの。

わたしも、芦原くんのことが好き。
ぶんぶんと首を横に振って、芦原くんの問いかけを否定する。
芦原くんとわたしが同じ気持ちなはずがないって、勝手なイメージと偏見(へんけん)で線引きしていたのはわたしだけだった。
芦原くんがホントは優しくて、あたたかくて、まっすぐな人なのか、なんて。
そんなの——直接確かめなくたってわかること。
いつだって会いたいし、触れたいし、わたしだけがきみを独占していたい。
わたしの反応に、芦原くんが「そっか」と短く返事をした。
「ひろの気持ち、聞きたい」
「……っ……」
「俺のことをどう思ってて、どうなりたいのか。うまくなくていいから、俺に流されるんじゃなくて、ひろの言葉で教えて」
芦原くんの優しい声色に、涙腺(るいせん)が刺激される。
まっすぐな双眸(そうぼう)に捕らわれて、目が離せなかった。
最初は怖かった金髪も三白眼も、いつからこんなふうに愛おしく感じるようになったんだろう。
めんどくさがりなところも。
いつだってテキトーに力を抜いて上手に生きているところも。

意外と寂しがり屋なところも。

すぐキスしてくるところも。

――いっぱい噛みついてくるところも。

もう全部全部全部……。

「だいすき…っ」

きっと芦原くんがわたしに抱えてくれた気持ちの何倍も、わたしはきみのことが好きだ。

恋をするのは初めてで、苦しくなったり胸が痛くなったり、知らない感情に悩むことのほうが多かった。

だけど、でも。

芦原くんの顔を見ただけで、制御していたはずの感情が、ぶわあってあふれ出す。芦原くんを好きって気持ちはもう止められそうになかった。

わたしはもう、とっくにきみに溺れていたんだから。

「……好き、あしはらくん」

「うん」

「好きなの……」

「うん」

「っ、もっと一緒にいたい……ほかの女の子のところ、いかないでほしい……」

「うん」

「わたしのこと、っ好きになって――っ」

ふわり、芦原くんの慣れた香りが強くなる。言葉を遮って口づけるのは、芦原くんの数あるクセのひとつだ。

「うん。だから、もうとっくに好きになってんだって」

触れるだけのキスのあと、そう言って笑った芦原くんが再び噛みつくように唇を重ねた。
一度目より、深く。
優しさと愛おしさでいっぱいのキスに、また涙が出た。
「う～～～……っ」
「泣いてばっかだ、ひろ」
「芦原くんが悪いもん……っ」
こんなにわたしを夢中にさせるから。
好きにさせるから。
だから悩みが尽きなくて、涙ばっかり出ちゃうんだ。
むっと口を尖らせるも、効果はいまいちのようで、
「ごめんな？　俺のことばっかり考えさせちゃって」
と、意地の悪い笑顔で言われてしまった。
いつものヨユーそうな顔。
悔しいけど、そんな顔も好きだと思った。
「ね。抱きしめてもいい？」
ふいにそう聞かれ、かあ……と頬が一気に熱を帯びていくのがわかった。
キスは何も言わずにしたくせに。
許可を取られるのって……なんだかすごく恥ずかしい。
こくりと小さく頷くと、芦原くんは満足げに微笑んだ。
覗いた八重歯がかわいくて、心臓がギュンッとはねる。
両手を広げた芦原くんに、わたしの体はすっぽり包み込まれた。ぎゅうっと強く抱きしめられる。
心地よい体温。大好きな匂い。

「あー……好き」

「っ……」

「好きだよひろ。すっげー好き。なあ、ちゃんと伝わってる？」

「っうう、伝わってる……っ」

「もうぜったい離してやんないから。逃げんなよ」

　耳元で言われたそれに返事をする代わりに背中に手を回してぎこちなく抱きしめ返すと、ふっと笑う声が聞こえた。

どうしようもなく触れたい

今日はクリスマスイブ。

昨日、芦原くんと偶然運命的な出会いをして、お互いの気持ちをぶつけ合って、仲直りをして。

イルミネーションを見に行く約束のことが気がかりで、予定を開けたままにしていたのはお互いさまだったようで、予定が変更されることもなく今日を迎えた。

昨日は千花ちゃんの家にお泊まりをしたから、その流れで少しだけお化粧をしてもらって、一緒にデートのコーディネートを考えた。

ちなみに。

昨日は帰りに芦原くんと一緒にケーキ屋さんに行って、わたしは千花ちゃんの分、芦原くんは吉良くんの分のケーキを買って帰った。

千花ちゃんの家の近くまで芦原くんに送ってもらったこともあり、その様子を部屋の窓からこっそり見ていたという千花ちゃんには、秒でわたしたちの関係性が変わったことがバレてしまったけど――。

『ホントのホントにうれしいよぉおおお』

『うう……ありがとう恥ずかしい……』

『ひろがちゃんと自分で気持ちに気づけてよかったあ。あんなにわかりやすいのに好きじゃないとか言うから、言ってあげないと一生気づかないんじゃないかって心配してたもん』

『ご、ごめんね……？』

『でもやっぱ、あたしが横から口を出すことじゃないなっと思って自制してたから。ふたりがくっついてくれて、あたしは一安心だよ。ホントにおめでとう、うれしいぃ』

　わたし以上に喜ぶ千花ちゃんを見て、わたしもまたうれしくなった。

　ブラウンのワンピースは、中に白のニットを着たことで大人っぽくて柔らかい雰囲気を作ることができた。

　黒のブーツにコートを羽織り、マフラーを巻いて完成。

　普段ストレートアイロンで仕上げている髪の毛は、千花ちゃんの力を借りてふんわり巻いてもらった。

　クリスマスに男の子と約束をするのなんて、人生で初めてだ。

　約束は12時にもかかわらず、緊張で落ちつかなくて早めに家を出てしまったわたしは、30分も早く駅についてしまって我ながら苦笑した。

　当然、芦原くんはまだついていなかった。

　あたりは待ち合わせる人であふれていて、人通りがいつにも増して多かった。わたしの待ち合わせ時間は30分後だし……と思いながら端（はし）っこにずれて芦原くんを待つ。

　──つもり、だったんだけど……。

「あれ？　二瀬だ」

　どういう偶然か、わたしは吉良くんと会った。

「玲於と待ち合わせでしょ？　12時って聞いてたけど……なんか遠足が楽しみで無駄に早起きする小学生見てる気分になったわ」
「えー……っと、それはもしかしてバカにしていらっしゃいますでしょうか」
「玲於の前でこういうこと言うと怒られるからさ。でも、ずっと思ってたよ。二瀬はちょっとアホっぽいなって」
「今になってわざわざ暴露しなくてもいいですそれは……」
　吉良くんってちょっと掴めない人だなって思っていたけれど、こうして話すと、芦原くんの３倍くらい根っこの意地が悪い気がした。
　ずっと思ってたなら、そのまま言わずに墓場まで持って行ってくれていいのに……！
　怒られない程度に睨むと、「ハハ」と笑われた。
　乾いた笑みに込められた謎の圧に萎縮して、「スミマセン……」と返す。
　吉良くんには逆らわないでおこう。芦原くんの情報を前に少し提供してもらった御恩もあるし。
　……何より、乾いた笑顔がちょっと怖いから。
「えっと、吉良くんも、誰かと待ち合わせ？」
「うん、まあちょっと」
「あ、もしかして彼女とか……」
「ん ー、二瀬に教えるにはまだ早いかなぁ。純情を壊しちゃいそうだから」
「うん……？」

……もしかしてわたしのことまた遠回しに小学生って言ってる？

ムッとしながらも、吉良くん的にあんまり聞かれたくないことなのかもしれないから、それ以上自分から聞くのはやめておいた。気になるけどしょうがない。

「まあ、焦んなくても玲於といれば、そのうちわかるんじゃない？」

「え？」

「あ、来た」

意味深な言葉をかけられたところで、吉良くんが待ち合わせしていた人が来たみたいだ。

吉良くんの視線に釣られるように目を向けると、大人びた美人な女の人が小走りで向かってきた。

ぱっと見る限りでも、高校生じゃないことだけはわかる。大学生か、社会人か。

わからないけれど、年上であることはたしかだ。

吉良くんとはどういう関係なんだろう。

というか、吉良くんの待ち合わせの女の人は何だかどこかで見たことがあるような……？

「じゃあ、おれはお先に。玲於によろしく」

「……あっ、うん。またね」

吉良くんと芦原くんは同じマンションだし、ほとんど毎日会っているという話も聞いたことがある。

吉良くんなりに、わたしと芦原くんの関係を応援してくれているのかもしれない。

「……ありがとう！」と言えば、「意外と声デカいね」と笑われた。褒めらた……わけではなさそう。

隣を歩く美人な女の人にも軽く会釈をされたので、慌ててわたしもぺこりと頭を下げた。

それから数分後。

本来の約束の時間より15分早く来た芦原くんは、「うわぁ、30分前にするか15分前にするか迷って15分のほう選んだのに……」と、わたしが早くついたことをなぜか悔しがっていた。

いつだってわたしの変化を見逃さないでいてくれる芦原くん。

お化粧したりワンピースを着たりして、いつもより少し背伸(せの)びをしたわたしを見て、

「かわいい……」

「……う、えっと、そうかな……？」

「や、違うな。かわいいのはいつもで、えーっと……うん、かわいい。困る」

こんな感じになぜか困っていて、そんな芦原くんが「かわいい」と思った。

「──え、会長のお姉さん？」

何十種類のパスタが記載(きさい)されているメニューを見つめながら、芦原くんが「そう」と短い返事をした。

今日はイルミネーションを見に行くことがメインイベン

トだけど、その前にちょっと腹ごしらえを、ということで、スパゲッティ専門店にやってきた。
「知り合ったのは会長が先だけど、気づいたら茜はそっちとも仲良くなってたから、俺もよくわかんねーんだよなぁ」
　芦原くんを待っている間に、吉良くんに会ったことを話すと、吉良くんが待ち合わせをしていたのは会長のお姉さんだということが判明した。
「だからどこかで見たことあるって思ったのかぁ……」
「実際、顔は似てるしな。えー、てか、めちゃくちゃ種類あるなこのお店。ミートソースは安定だけど、明太クリームもあり……」
「あれ？　でも芦原くんも生徒会室に出入りしてたのは会長に会うためだよね？」
「いや、保健室でサボりすぎて怒られたから週１くらいの間隔(かんかく)でソファ借りに行ってただけ。うわ、カレーソースとかもあんの、うまそう……」
「でも……前に頭撫でてたし……」
「なあ、ひろもう決めた？　ナポリタンの目玉焼きトッピング、数まで選べるっぽいんだけど５個くらいのせ……」
「それはぜったい、１個でいいと思うよ!?」
　トッピングの目玉焼きって、１個だからおいしそうに見えるものだと思う。
　いっぱいのせるのがおいしいとは限らないんだよ？と諭(さと)すように言えば、「わかったよ……１個にする」としぶしぶ頷いていた。

ていうか芦原くん。

わたしは真剣に話してるのに、パスタの話ばっかりはどうかと思うよ？

あんまり聞きすぎてめんどくさいって思われるのもイヤだけど、気になってしょうがない。

だって、もし会長のお姉さんと吉良くんが関わりがあったとしても、芦原くんと会長の関係の潔白の理由にはならないし……。

うう……と唸りながら唇を結んだわたしに気づいたのか、ようやくメニューから目を離した芦原くんが開口した。

「頭撫でてた……とかっていう記憶はあんまないけど。その時はまだ女の子には優しくしてようって気持ちがあったから……えーっと、それはごめん」

「……うん」

「でも、ひろのこと好きになってからはそういうのも全部やめた。ひろにしか触りたいって思えなかったし、触られんのもやだった」

子どもみたいに拗ねて俯いていたわたしの頬に芦原くんの指が伸びてきて、むに、と皮膚(ひふ)を優しくつままれた。

「過去のことはどうにもできないけど……誰かを好きになったのはひろが初めてだよ」

「……そうやって、また機嫌とろうとしてる」

「してねーわ。ひろもわかってるくせに」

見透かされたようにそう言われたので、むうぅと頬を膨(ふく)らませた。

……そうだよ、わかってるよ、ちゃんと。

今なら、前に吉良くんに言われた『玲於が二瀬さんにこだわる理由って、なんなんだろーね？』の答えだってわかる気がする。

芦原くんは、わたしのことが好きなんだ。

ずっとその気持ちを抱えていてくれたから、追いかけてきてくれた。わたしが酷(ひど)いことを言っても諦めないでいてくれた。

わかってるのに、こんなふうにわがままばかり言ってしまうのは。

「……芦原くんがわたしのこと好きだって、自覚してたいんだもん」

きみの気持ちが嘘じゃないって、芦原くんはわたしの彼氏なんだって、自覚していたいから。

――なんて、自分で言っておいて言葉に起こした途端、恥ずかしさが込み上げる。

わたし、前はこんなんじゃなかったのにな。

「わ、わたしはタラコスパゲッティにしよっと！　芦原くんはナポリタンで決定かな、目玉焼きものせるんだっけ！」

「ひろ」

「注文しよっか！　ね！」

「うん。ひろ、」

「っ……」

芦原くんが口角を上げる。

意地悪で余裕そうな顔。

わたしの反応を見て楽しそうにしてる顔。

……わたしのことが、好きって顔。

「ひろが欲しがってるその自覚、言われなくても死ぬほどあげるつもりだったけど？」

ああもう、──心臓、壊れちゃいそうだ。

「うわー……きれいだぁ」

夜。視界を埋め尽くすのは、ネオンに彩られたら街並みだった。

キラキラしていて、やっぱり好きな景色だ。

毎年千花ちゃんと一緒に来ていた駅前のイルミネーション。

「ひろと見に来られてよかった」

「……わたしも、芦原くんと見れてうれしい」

今、隣にいるのは──わたしの大好きな人だ。

「……ありがとう芦原くん」

「ん？」

「……今日、すっごく楽しかった」

今日。お昼を食べたあとは水族館に行くことになった。

クリスマス特別バージョンのイルカショーを見て、ペンギンやシロクマの写真をたくさんとって。

水槽（すいそう）に張りついて動かないエイを見て、『テスト勉強してる時のひろもこんな顔してた』なんてからかわれたりもした。

水族館に来たのは小学校の遠足ぶりだったけど、こんなに楽しかったっけ？って思うくらい、ずっと笑いっぱなしで、本当に楽しかったんだ。
「うん。俺も」
好きな人と一緒ならなんでも楽しいとか、一緒にいるだけで幸せとか。
恋とは無縁の毎日を送っていたころのわたしじゃ想像もできなかった時間が、そばにある。
愛おしさが込み上げて、迷子にならないようにとつながれていた右手にぎゅっと力を込める。
それに気づいた芦原くんが、またギュッと力を込めるから、わたしもまた同じように握り返した。
「うはは、何これ、キリないわ」
「……最初にやったの芦原くんだもん」
「いやいや、ひろだって」
子どもみたいなことでじゃれ合って、笑い合う。
そんな些細なことがこんなにも幸せだなんて、芦原くんに出会わなかったら知らなかったよ。
「ひろ」
光に照らされた芦原くんの横顔はすごくきれいで、かっこいい。ドキ……と心臓が脈を打つ。
「好きだよ。今でもこんなに好きだけど、これからどんどん好きになっていって、もっと手放したくなくなるんだと思う」
「……っ」
「ひろだけだから。最初からずっと、俺はひろだけに夢中になってる」

わたしも、同じ気持ちだよ。

恋だと認めたらもう二度と戻ってこれない気がして怖かった。同じ気持ちじゃなかったらどうしようって、苦しかった。

だけど、でも。

あの時の悲しかった気持ちすら、全部愛おしく感じてる。

もうずっと――きみのことばっかりだ。

つないでいた手を離した芦原くんに、そのまま体を寄せられてぎゅうっと強く抱きしめられた。

安心する香りと体温が、わたしを包み込む。

「俺、ひろの困ってる顔好きなんだよなぁ。そそるっつーか……」

「……ヘンなの……」

「なんか、無性にキスしたくなんの」

「この気持ち、なんとなくわかんない？」と問いかけながら、芦原くんがわたしの髪を耳にかける。

指先が頬をかすめ、わたしはぴくりと体を揺らした。

無性にキスしたくなる気持ちについての問いかけには返事をせず、代わりにクイッと服の裾を引っ張って、上目づかいで芦原くんを見つめる。

涙で濡れた視界には、芦原くんのきれいな顔があった。

「……ふ。その顔、計算？」

「……うん」

「ふたりきりじゃないけどいいの？」

「……うん」

「そっか、うん」

——今のはちょっと、かわいすぎてやばいかも。

耳元でそう言って、芦原くんがわたしにキスを落とした。芦原くんがくれる温度はいつも心地よくて、簡単に溺れてしまいそうになる。

好きな人と過ごす初めてのクリスマスは、愛おしさがぎゅっと詰まった１日になった。

芦原くんには噛みグセがある

「ひろー」
　放課後。C組の教室にひょっこり顔を出した芦原くんがわたしを呼んだ。
「帰るよ。早くおいで」
「あ、うんっ」
　手招きをする芦原くんに返事をして、スクールバッグを持って立ち上がる。
　一緒に雑談していた千花ちゃんに「いつもラブラブでいいねぇ」と茶化されたので、「っそんなんじゃないってば！」と一応否定しておいた。
「またね、ひろ」
「うん。また明日！」
　千花ちゃんに手を振ってすぐ、芦原くんの元に向かう。
　芦原くんは最近美容院に行ったようで、いちだんと透き通る金髪になった。髪も少し切っていて、かっこよさも増し増し。
　至近距離で目が合うと、ドキドキして3秒が限界だ。
　校門を出たところで、「てか」と芦原くんが思い出したように口を開いた。
「さっき、永野さんめっちゃニヤニヤしてこっち見てた」
「……あ。ラブラ……仲良しでいいねって言われて……」
「あー、なんだ。ひろが必死に隠してるそれ、バレちゃったのかと思った」

“それ”と言って芦原くんが、自分の首元を示す。

「なっ……違うもん！　芦原くんのバカ！」

「うはは。冗談、怒んなよ」

……もう、全然笑いごとじゃない。

１番上までしっかり閉めたブラウス。

……わたし、真面目に生きててよかった。

普段から芦原くんみたいに第２ボタンまで開けていたらぜったい見えていたもん。

──芦原くんの、噛みついたあとが。

「そこ、ぜったい俺以外のあとつけちゃだめね」

「……うん」

「素直でよろしい」

ぽんぽん……と頭を撫でられて、キュンと胸が鳴る。

金髪の人なんかありえないって思ってた。

誠実で真面目な人が、きっとわたしには合っているんだって。だから、ソコウフリョウで有名で、ヘンな噂ばっかりの人に恋なんてするわけないって。

──そう思ってたんだ、ずっと。

だけど、恋って理屈じゃどうにもできないらしい。

理想じゃない人を好きになったり、考えすぎて苦しくなったり、幸せすぎて泣いたり。

そうやってできていく思い出が、ふとした時に愛おしく感じるようになる。

芦原くんが、わたしに恋を教えてくれた。

芦原くんを好きになってから、誰かを好きになることがこんなに尊い感情だって知ることができたの。

「……わたし、本当はね」

「ん？」

「芦原くんに噛まれるの……少し痛いし、隠すのもハラハラするけど……えっと……」

「好きでしょ？」

つい言葉にしてしまった感情。

言いながらだんだん恥ずかしくなってごにょごにょと言葉を濁そうとしたけれど……芦原くんに続きを言われてしまった。

パッと顔を上げると、芦原くんが満足げに笑っていた。

「だってひろ、“こんなんじゃ足りない”って顔するから。ひろが俺のこと求めてるって思うとさ、俺も止まんなくなんだよね」

「えっ……と」

「だからこのあとはひろのせい」

そう言われて、恥ずかしくて俯いた。

すべてを言葉にして伝えてくれるのは芦原くんのいいところだけど……やっぱり恥ずかしいよ。

芦原くんには全部お見通し。

でも、だってね。芦原くんといると、どんどん欲張りになっちゃうんだ。

何度キスしても、ぎゅってしても、足りない。

もっと……って。

「ひろが意外と欲しがりなとこ、俺はうれしいし、かわいいから好き」
「……それは、芦原くんが……」
「ん？」
　素直になるのは怖いし、すぐドキドキしちゃうし、初めてのこともたくさんあってきみを困らせてしまうかもしれないけど。
「……芦原くんがそうさせたんだもん」
　これから先も、きっと何度でもわたしはきみを求めてしまうと思うから。
　……こんなに好きにさせた責任、取ってくれないと困るよ。
「ひろの不意打ち、まじで心臓に悪い……」
「えぇ……？」
「走って帰ろう、俺の煩悩（ぼんのう）から危険信号出てる」
「……ふふっ、何それー」
「いやひろ、笑ってるけどこれ笑いごとじゃないからな？」
　夕日に染まる金髪。
　優しい瞳の三白眼。
　つないだ手から伝わる体温。

　──これは、きみの全部に恋をした日々の話だ。

本書限定　番外編

今日はセキニンとらない

「あ、えっと……お風呂いただきました……」
　袖が余り、肩幅が合わない大きすぎるトレーナーに、ゴム紐を限界まできつく結んでなんとか落ちてこないようにして履くスウェット。
　いつも芦原くんから香るものと同じ匂いが、わたしの体を包み込んでいる。
　なんだかちょっとだけ、そわそわしちゃう。
「あの、服ありがとう、ございました」
「……」
「えっと……芦原くん……？」
　リビングに戻ると、芦原くんはわたしの姿をとらえて固まった。
　いつもの余裕そうな表情ではなく、口をぽかんと開けて唖然としていた。
「……破壊力……」
「は、はかい？」
「……あ、いや。なんでもない。服大きかったよな、ごめんな」
「あ、ううんっ」
　今の、ちょっとだけ間抜けな表情はなんだったんだろう。気になるところではあるけれど、芦原くんもすぐいつもどおりに戻ったし……ぼーっとしてたのかも。

「こっちおいで。ひろの髪も乾かしてあげる」
「あ……ありがとう……」
　手招きをされて、ソファに座る芦原くんの足の間に挟まるように座る。先にお風呂を済ませ、髪も乾かし済みの芦原くんからは、わたしと同じシャンプーの香りがした。
「ひろの髪、キレーだよなぁ」
　濡れた髪を手で梳(と)かしながら芦原くんが言う。
「そ、そうかな……」
「うん。さらさらだし」
　一度も染めたことのない、お母さん譲りのさらさら黒髪は、わたしもお気に入りだった。褒められて、へへ……と思わず笑みがこぼれる。
「芦原くんは……長いほうが、お好みですか」
「んー、似合ってればなんでも好きかなぁ。ひろ、短いのも似合いそうだし」
「そうかな……」
「そーだよ。だってかわいいもん、ひろ」
　ブォー……とドライヤーの音が響く。
　芦原くんの声が少し遠のいた。

　時は２月末、学年末テストを週明けに控えた金曜日のこと。
　学校を終え、いつもどおり芦原くんとふたりで下校をしたわたしは——彼の家に泊まりに来ていた。
　——さかのぼること昨日。

そう、図書室でテスト勉強をしていた時の話だ。
『ひろさ、明日うちで勉強合宿でもする？』
向かいに座る芦原くんが頬杖をつきながら言う。
唐突な質問に、シャープペンを持つ手を止めてパチパチと目を瞬（しばたた）かせた。
『……へ？』
『俺も、ひとりじゃ集中できないからさ。ひろも、わかんないとこすぐ聞ける人が近くにいたほういいって言ってたじゃん？　教えながらのほうが、俺もちゃんと理解できてるってわかるし』
たしかに、わたしは壊滅的に勉強ができないから、誰かに教えてもらいながらやるほうが理解しやすいっていう話をしたことがあった。
芦原くんが、ひとりじゃ勉強に集中できないっていう話も、前回のテスト期間の時にすでに知っていたこと。
芦原くんは、本気を出せば七海と同じくらいの点数を取れちゃうくらい地頭がいい。
だから今も、こうして教わりながら一緒に勉強をしているわけで。
テスト勉強を一緒にすることに関しては何も問題はないけれど、それよりも——。
『お、お泊まり……？』
『もちろん、家族から許可が出るならだけど。泊まったほうが時間とか気にしなくていいしラクかなって』
『……えっと、家族は大丈夫ではあるんだけど、えっと』

わたしと芦原くんは恋人同士であって。

芦原くんのことを考えるだけで、目が合うだけで、ドキドキして止まらなくなるわたしが、好きな人と一晩同じ屋根の下で息をするのって、かなりハードだ。

それに……芦原くんは隙あらばキスしてくる人だもん。

付き合い始めてから２か月ほどたつけれど、彼女になったからといって彼のスキンシップに慣れる、なんてことはまったくなくて。

そんな中でお泊まりなんてしたら、心臓、ぜったい壊れちゃうような気がする。

『ダイジョーブ、なんにもしないよ』

すると、わたしの思考を読み取ったかのようなタイミングで芦原くんがつけ足した。何も言ってないのに……恥ずかしい。

顔を隠すように俯くと、『かわいー反応するね、ホント』と笑われてしまった。

わたしだって、いつまでも何も知らないままじゃないのに。

そうやってまた余裕そうにするんだ、芦原くんは。

『あくまでも、テストを乗りきるためだから』

『……うん』

『まあ、キスは、いつもよりしちゃうかもだけど』

『な、う……っだめです！』

『うはは。明日、楽しみだなー』

『だめだってば……っ！』

『まあまあ。ちなみにだけど、そこの問題、間違ってるよ』
『……』
『睨むなよ。ちゃんと解き方教えるから、泊まり来て』
『そ……っ、れは、ずるです芦原くん』
『わは。ずるって』
　──と、こんな感じで、急遽ふたりだけの勉強合宿が開催されたというわけである。

「はい。乾いた」
「あ、ありがとう……」
「風呂上がりだといつもに増して幼くなんの、かわいいなひろ」
「……芦原くん、それって褒めてますか」
「褒めてる。どっちもかわいくて好きってことな」
　芦原くんがそう言って優しくわたしの頭を撫でた。
　いつだって安心感を与えてくれる大きな手に、自然と笑みがあふれる。
　かく言う芦原くんの髪も、ワックスをつけていないからかいつもより覇気がなくて幼い印象を与える。かわいくて好き、だと思った。
「もうそろそろ23時になるけど、もう寝る？」
「あ、うん──……」
「一緒に？」
「……、う、えっと」
「うはは。冗談だって」

　いたずらっ子のように、八重歯を見せて笑う芦原くん。
　……こういう時、なんて返事をするのが正解なんだろう。
「ひろ」
「何——、ん」
　名前を呼ばれて振り向いたと同時。言葉を遮るように、はむ、と唇を食べられた。
「ふは。なんでもない」
「……ぅう……」
　なんでもないなんて嘘。
　かあぁ……と頬が紅潮していくのを感じて、とっさに顔を正面に向けて目を逸らす。
　芦原くんのキスはいつも突然で、心臓に悪いのだ。
「……急にキスしてこないで……」
「えー、俺今日結構我慢したけどなぁ」
「我慢って……」
　芦原くんの腕が伸びてきて、後ろからホールドされる。肩に顎を乗せられて、触り心地のいい髪の毛が肌に当たってくすぐったかった。鼻をかすめる、芦原くんの柔軟剤の匂い。
　ドキドキ、バクバク。
　……心臓の音、聞こえてないかな。
「俺の彼女はかわいーから。我慢しないと、無限に触れたくなっちゃうんだよ」
　芦原くんは、いつだってずるいんだ。
　わたしの意識も感情も、あっという間に奪っていくんだから。

　恥ずかしさと、芦原くんみたいに素直に言葉に起こせないもどかしさでいっぱいになって、首に回った芦原くんの腕をキュッと掴んだ。

「……芦原くん」

「うん？」

「……もっと強くぎゅってして、くれますか……」

　甘え方も求め方もわからなくて、語尾がしぼんでいく。

　恥ずかしい。でも、触れたい。

「……ひろってホント、無自覚で煽るよなぁ」

「え……っ？」

　耳元で紡がれた言葉を聞き返す前に、芦原くんは体を離した。パッと顔を上げて振り向くと、芦原くんはソファから降りてわたしの隣に座り、両手を広げた。

「おいで？　ひろ」

「……っ」

　好き。大好きだよ、芦原くん。

　ホントはもっと、きみをひとりじめしたいって思ってる。

　優しい声色に、キュンと胸が鳴る。

　後ろから抱きしめてもらうのも好きだけど、正面のほうが、顔が見えるから好き……だったりするわけで。

「し、失礼します……」

「ドーゾ」

　ドキドキしながら、恐る恐る芦原くんに抱きつくと、ぎゅううっと強く抱きしめ返された。

「かわいい、ホント。好き」

まっすぐ伝えてくれるところがうれしい。

芦原くんに好きだと伝えられるたび、本当にわたしの彼氏なんだって実感が押し寄せるのだ。

「ひろ」

名前を呼ばれ、再びキスを落とされる。最初は触れるだけだったけれど、だんだん口づけは深くなっていった。

「……っはぁ、う」

声が洩(も)れた。意図せずとも力がこもり芦原くんの服を握りしめる。芦原くんがピクリと体を揺らしたのがわかった。

――甘いキスに、くらくらする。

「……あし、はらく――」

「ん。ひろ、名前で呼んでみ？」

「……れ、お……くん？」

「うん」

「玲於くん……、――好き」

「それはずるいじゃん……」

うなだれるように、芦原くんはわたしの肩に顔を埋めた。

「え、芦原くん……っ？」

「不意打ちはだめだって……」

「ずるって……んっ」

ちゅ、と言葉を奪われる。

「……ひろのバーカ」

照れ隠し、というやつだろうか。

まったく悪意のない「バカ」だったなぁ……。

そんなことを考えていると、芦原くんは額にキスを落とし、それから頬、鼻……と口づけを続けた。

首筋にたどり着き、ちう……と優しく吸われる。痕をつけられるたび、芦原くんに独占されていることへのうれしさが募るのだ。

「……あー、だめかも、待って」

唇を離し、芦原くんが小さく呟く。呼吸を整えながら、何が『待って』なのか聞こうとしたけれど、わたしが聞く前に芦原くんは答えを教えてくれた。

「俺、このままだとキスだけで終わる自信ない」

「え、……えっ！」

「好きで、困る。どうしたらいい？」

どうしたらいい？　って……芦原くん、それをわたしに聞くのは意地悪だよ。

芦原くんがくしゃくしゃと髪をかき、はー……と自分を落ち着かせるように深呼吸をする。

もどかしい、なんとも言えない空気漂っていた。

気まずくて……恥ずかしい。

「ちょ、いったん離れよ、うん」

自分に言い聞かせるようにそう言って、芦原くんは体を離し立ち上がった。

「寝る準備しよっか。布団とベッドどっちがいい？……あ、もし同じ空間イヤだったら、俺リビングで寝るし」

慌ててブンブンと首を横に振る。

「……やじゃ、ないよ」

「え？」
　恥ずかしいから言えなかったけれど、本当はいっぱい期待していたんだ。
　付き合っている男女がお泊まりする時に気をつけることとか、上手な甘え方とか。テスト勉強の合間にネットでたくさん調べて、はわわ……って衝撃を受けたりもして。
　それでも、芦原くんとだったら。
　今すぐには無理かもしれないけれど、ゆっくり進んでいけたらいいなって思ってたの。
「……一緒に寝たい、かもです」
　一緒に寝る可能性だって、ちゃんと覚悟してたから。
『もし同じ空間イヤだったら、俺リビングで寝るし』
　だから、そんな寂しいこと言わないで。
　きゅ、と裾を掴んで、上目づかいで芦原くんを見つめる。
　全身を芦原くんの匂いに包まれているせいだろうか。
「キスだけで……終わらなくてもいいから」
　わたしらしくない言葉が次々こぼれ落ちて、指先に力を込めた。
　もっと触れたい、触れられたい。
「もー……そーいうところがずるいんだって」
　芦原くんが、困ったような、照れたような表情を浮かべる。めったに見せない表情に、どくん……と胸が高鳴った。
　その、直後。
「わかったよ。一緒に寝よ」
「う……」

「――何したって、責任とらなくていいってことだもんな？」

珍しい表情から一転。

芦原くんは、そう言って口角を上げた。

「んん……待って、玲於く……」

「……ん？」

「だめ、やだ行かないで、わたしがまもるからぁ……」

「え、何、寝言……？」

「玲於くん、ぅう……だめ……」

「ちょ、ひろ」

「……だめ、その亀(かめ)っ、玲於くんのことが好きなんだって……」

「どんな夢だよ……」

「ぅうん……だめ、玲於くんはわたしのだから……っ」

「……は」

その日の夜。

芦原くんと同じ布団で眠るなんて、自分から言い出したとはいえ緊張して死にそう――なんて思っていたわたし。

だけど実際には、芦原くんの体温が高いのがやけに心地よくて。1日テスト勉強をがんばった疲労も相まって、あっという間に夢の中。

夢を見た。芦原くんのことが好きだからと言って、無理やり連れていこうとする亀と闘(たたか)う夢。わたしは、必死に芦原くんの腕を掴んで抵抗していた。

わたしのほうが芦原くんのこと、好きだもん。
突然現れた亀になんか渡さない。
芦原くんの体に抱きついて、離さないぞ！という意思のもと、ぎゅうっと強く抱きしめる。
夢の中の芦原くんは、困ったようにため息をつくと、
「……心配しなくても、俺はひろのもんだっての」
そう言って優しく口づけたのを、わたしは知らずにいた。

——翌朝。
目覚めると、正面から抱きしめ合った体勢のまま芦原くんが眠っていた。
目覚め一番で芦原くんレベルのきれいな顔は、ちょっと心臓に悪すぎる……！
背中を向けて寝たはずなのに、どうしてこんなに恥ずかしい体制で目覚めたのか。ヘンな夢を見た気もするけれど、全然思い出せないや。
「な、う……芦原くん——」
「ん……ひろ……」
芦原くんはまだ完全に起ききっていないのか、もぞ……と体を動かすと、ぎゅっとわたしを抱きしめ直した。
抱き枕か何かと勘違いしてるんだと思う。
「あ、しはらくん、っ」
「……もーちょい……」
ドキドキして死にそうだから離れないと……！と思っていたけれど、寝起きの芦原くんが幼さを含んでいてすごく

かわいかったものだから。
「……あと、2分だけだからね」
　甘やかしてもいいかなって、思っちゃったんだ。
「ん、好き……ありがとう……」
「好……っ」
「……すー」
「寝た……」

　それから、わたしたちが布団から出たのは30分後のこと。
　夜から朝にかけての甘々モードとは打って変わり、昼間はしっかりふたりでテスト勉強をしたので、高校2年生最後のテストは無事に乗りきることができた。

そのままのきみでいい

その日は日曜日で、芦原くんと映画を見に行く予定があった。

映画の前にお昼ご飯を食べようということで、芦原くんとは12時に駅で待ち合わせ。

わたしがついたのは、11時45分。

お互いに付き合いたてのころに比べて、約束より何十分も早く来ることはなくなったけれど、何回デートしてもやっぱり学校以外の場所で芦原くんと会うのは新鮮で、楽しみで。

早く会いたいっていう気持ちが先走って、家を早く出ちゃうのだ。

ブーッとスマホが振動する。芦原くんかな？と思いながら開くと、送信相手は予想どおり。

【あと２分くらいでつく】

【もういる？　ごめん走る】

「……ふ、ふふ」

短い文だけど、思わず笑みがこぼれる。

わたしが先についていることは、気をつかわせてしまうかと思っていつも連絡せずにいるものの、芦原くんにはいつもお見通しみたい。

【走らなくていいよ!!】と返事をしてスマホを閉じる。

学校では寝坊と遅刻ばっかりの芦原くんだけど、わたしとのデートに遅れてきたことは一度もない。

そわそわして10分以上前から待ち合わせ場所にいるのはわたしが勝手にしていることなのに、芦原くんも毎回5分前にはぜったいに来てくれるんだ。

それだけで、芦原くんの愛を感じてうれしくなってしまうのだ。

「あの……、すみません」

改札のすぐそばにあるベンチに座り、街を行き交う人々を眺めながら芦原くんを待っていると、ふと声をかけられた。

「え？」

声がしたほうに視線を向けると、ミルクティベージュに染めてある柔らかそうな髪の毛をした美人の女の人が立っていて、腰をかがめて何か探し物をしているように見えた。

「ここらへんに、イヤフォン落ちてませんでしたか？」

「へっ、あ、イヤフォンですかっ」

「片方なくしちゃったみたいで。さっきまでここで音楽を聴いてたんですけど……」

このあたりにワイヤレスのイヤフォンを落としてしまったという彼女の言葉に、わたしはとっさに立ち上がる。

そしてベンチの下を覗き込むと、白いイヤフォンが転がっているのを見つけた。

「あっ、これですかね……!?」

「あっ！　それです！　よかったぁあ……！」

わたしがここに来た時は見かけなかったから、その時にはすでにベンチの下に落ちてしまっていたのかも。

イヤフォンを拾って、彼女の手のひらに乗せる。

「ありがとうございます！」

「わたしは何も……！　見つかってよかったです」

人に感謝をされるって、やっぱりすごくいい気持ち。

ミルクティベージュの美人さんが安堵（あんど）の笑みを浮かべてお礼を言う。

ちらりと見えた尖った歯が、芦原くんを連想させた。

八重歯がある人って、みんな顔がきれいなんだろうか。

八重歯、わたしも欲しいなぁ……。

「ごめんひろ、お待たせ」

……と、そんなことを考えたところで芦原くんがやって来た。

高身長で、私服のセンスがよくて、金髪。

芦原くんが視線を集めるのは学校に限ったことじゃない。

現に今、一緒にイヤフォンを探していた美人さんも芦原くんに目を奪われたのか、じっと見つめている。

気持ちはすごくわかる。だって芦原くんって、まとうオーラが圧倒的に違うんだもん。

こんなに魅力的な人がわたしのことをす、す……好き、なんて。

夢みたいで、定期的に思い出してにやけてしまうのだ。

「え、……玲於じゃん！」

——だけど、どうやら美人さんは単に見惚れているわけではなさそうで。

「げ」

「げ、とか言うのやめてくれる？」

芦原くんは校内じゃ知らない人はいないってくらい有名人だから、一方的に知られていることはよくあるけれど、『玲於』って呼んでいるから、親しい仲だっていうことはすぐにわかった。

この人は、芦原くんとどんな関係なんだろう。

ただの友達？　それとも、昔付き合っていた人？

吉良くんや、本人から聞いた情報で、昔何人かなんとなくて付き合った人がいるっていうことは把握している。

だけど、芦原くんがわたしの恋人で、わたしのことを好きでいてくれていることは日々実感させてもらっているから、マイナスなことを考えて落ち込んだりはもうしなくなった。

……とはいえ、やっぱりちょっとは自分と比べてしまうこともあるわけで。

だって、芦原くんが関わったことのある人たちって、みんな顔の造りがモデル級なんだもん。

実際に、今、目の前にいる彼女だって、服のセンスもスタイルもいいし、メイクも似合っていてきれい。おまけにフレンドリーで愛嬌もある。

「あんた、相変わらず目立つよねぇ。いい金髪」

「そりゃどーも」

「褒めてんだから、もうちょいうれしそうにしてくんない？　ホント生意気」
　面倒くさそうにため息をつく芦原くんのふわふわの髪の毛を、美人さんがわしゃわしゃと撫でた——と、ほぼ同時。
「っ、だめです」
　とっさに芦原くんの手を掴み、自分のほうに寄せた。
　こんなふうに子どもじみた行動をするつもりはなかったけれど……やっぱり、目の前で触れられるのは、もやもやしちゃうから。
「あの、……えっと、あんまり触らないで……く、くだ、さい……」
　きゅっと唇を噛み、手首を強く握る。
　芦原くんは驚いたようにわたしを見ていたけれど、すぐに柔らかい表情を浮かべると、つないでいた手を握り返してくれた。
「はい、そういうことだから俺に軽々しく触んないでくださーい」
　手を払って距離をとった芦原くん。
　横顔を覗くと、口角が少しだけ上がっていた。
　……なんか、うれしそう？
「なんだぁ、そういうこと！　玲於の彼女さんだったかぁ！」
「えっと、あの……ごめんなさい」
「やだ、謝らないで！　あたしが無神経だったもん。ごめんね」

手を合わせて謝られて、なんだか少し申し訳ない気持ちになった。わたしだけ、勝手にヤキモチ焼いた面倒くさい人みたいだ。

芦原くんは、なぜかうれしそうにしているけれど……やっぱり子どもっぽいことしちゃったなぁ。

「玲於の彼女、かわいいね。すっごい、あたしとは正反対！なんか意外～」

「えっ、あの……」

「玲於、趣味変わった？　それともホントはこういう大人しい子がタイプだったの～？」

悪気はない……のだと思う。だけど、やっぱりまわりから見たらわたしたちって釣り合っていないのかな……と、少しだけ申し訳なさが募った。

わたしも、いっそ髪の毛を金髪にしてみようかな。

校則違反だけど、スカートをもう少し短くしたり、デートの時にもっと派手な恰好をしたりすればいいのかな。

でも、結局似合っていなかったら意味ないし……。

どうしたら、わたし、芦原くんに釣り合う女の子になれるんだろう。

「誤解されたくないから、その話もうやめて」

「え～？」

「趣味とかじゃねーから。好きだから、この子と一緒にいんの」

思考を遮るように耳に届いた言葉にパッと顔を上げる。

美人さんに向ける鋭い視線に、どくん、と胸が鳴った。

好きだから。

……不意打ちでその言葉はずるいよ。

「やだぁ、怒んないでよ。純粋な疑問だったんだって。彼女さんも、不快にさせてたらごめんねっ」

「あ、えっと……わたしは全然」

慌てて首を横に振る。

イヤな思いはしていなかったから嘘じゃない。ただ、自分がどうすれば『意外』じゃなくて『お似合い』って言われるようになるか考えていただけだ。

付き合う前も、赤城さんに『意外』って言われたことがあるし、やっぱり、もともとタイプが違うからしょうがないことだと思う。

「そもそも、なんでおまえがひろと一緒にいたんだよ」

「イヤフォンを落としちゃって！　一緒に探してもらったんだよね。いやぁ、助かった。まさかの展開だったけど」

「へえ。じゃ、俺らはもう行くから」

「邪魔者みたいに扱わないでよ。あたしだって今からデートだもん」

「聞いてねえ」

「もー……。そういうところがさ、玲於とは友達のほうがよかったなって思っちゃったんだよね。こっちの話、全然興味なさそうでさ」

「まあ、好きな子以外、どうでもいいし」

芦原くんはそう言うと、不意にポン、とわたしの頭に手を乗せた。

わたしの好きな仕草。安心感を与えてくれるんだ。
芦原くんの好きな人は、ほかの誰でもないわたしだ。
死ぬほど実感させてくれるって言われてはいたけれど、実感する回数が多すぎて、毎回わたしの心臓はドキドキして止まらなくなる。
途端に恥ずかしくなって目を伏せると、ふ、と笑う声が聞こえた。……たぶん、わたしの反応を見てうれしそうにしてる。
「あははっ、見せつけなくていいってぇ」
「べつにそんなつもりはないけどな」
「玲於がひとりに本気になってる姿、見れると思わなかったから新鮮だなー。楽しんでね、デート」
「ドーモ」
「彼女さんも！　イヤフォン、ありがとね〜！」
美人さんにそう言われ、わたしも慌てて軽く頭を下げる。
「ごめん、ひろ。行こっか」
芦原くんに手を引かれるまま、わたしたちはその場をあとにした。

「ひろ、ごめん。イヤな思いさせたかも」
それからすぐのこと。
ご飯屋さんに向かう道を歩きながらそう言われ、首をかしげると、芦原くんは言葉を続けた。
「ひろには嘘つきたくないし、隠すことでもないから言うんだけど……一応、少しだけ付き合ってた時期があって」

「……そうだったんだ」
　やっぱり予想していたとおり、さっきの美人さんは元カノみたい。
「もちろん今は何もないよ。でも、さっきあいつが言ってたタイプがどうとか、趣味がとか……俺が気にしてなくても、ひろが気にしてたらやだから言っておこうと思って。ごめん」
　芦原くんの、隠さず正直に教えてくれる性格は、大好きなところだ。
　わたしが不安にならないように……って、ちゃんと言葉にしてくれる。だから、安心してそばにいられるんだ。
「全然、心配してなかったよ！」
「……ホントに？」
　上目づかいで覗き込まれて、とっさに体を揺らす。
　芦原くんの上目づかいは心臓に悪いんだって……！
　こくこくと頷けば、「そっか、よかった」と八重歯を見せて微笑んだ。
　芦原くんの愛はこれでもかってくらい真っすぐで、大きくて。
　十分すぎるくらいにちゃんと伝えてもらっているから、わたしももっとちゃんと返していきたいんだ。
　ヤキモチを焼いちゃうのは、わたしがまだ、自分に自信が持てないからだと思う。
　隣に並んでも意外って言われないくらい、かわいくて自慢できる彼女になりたいもん。

「……わたしも、がんばる」
　千花ちゃんに相談したら、何かいいアドバイスくれるかもしれない。明日学校に行ったら聞いてみよう。
「んー？　なんか言った？」
「ううん。それよりお腹すいたねっ」
「な。なに食べよっかなぁ」
　その日は、思う存分デートを楽しんだ。

「──芦原くんに釣り合いたい？」
　翌日の月曜日。
　天気がよかったので、休み時間は中庭でお昼ご飯食べることにした千花ちゃんとわたし。
　ここに来る前に購買で買ったカレーパンを頬張りながら、千花ちゃんはわたしの言葉を復唱した。
「いきなりどうしたの？　先輩とか他クラの女子たちに何か言われた？　あたしのひろに文句を言うとか、ぜったいに許さな……」
「あっ、ううん！　大丈夫だよ千花ちゃん！」
　このまま出陣してしまいそうな勢いの千花ちゃんを、慌てて止める。千花ちゃんはいつも自分のことのようにわたしのことを考えてくれるから、優しくてかわいいんだ。
「ひろと芦原くん、お世辞じゃなくてホントにお似合いだよぉ！」
「えへへ……、ありがとう」
　って、喜んでる場合じゃなかった。

今日は千花ちゃんに相談があったんだもん。

「千花ちゃんあのね、じつは――……」

手元にあったフルーツジュースをちう……と飲み、わたしは昨日の出来事を千花ちゃんに話した。

偶然、芦原くんの元カノさんに会ったこと。

きれいでおしゃれで、フレンドリーで、羨ましかったこと。

わたしが地味すぎるせいで芦原くんと並ぶと『意外』と言われてしまうのが、ちょっとだけ寂しいこと。

それから、ヤキモチを焼かなくてもいいくらい自分に自信を持ちたいこと。

「うーん……なるほど」

話を聞いた千花ちゃんは、そう呟いて腕を組んだ。

「でもひろ、たぶんだけど、芦原くんはひろに変わってほしいなんて思ってないと思うなぁ」

「え？」

「ほら、芦原くんのまわりって、もともと派手な子が多いじゃない？　それでも今はひろを選んで、見てるこっちがドキドキしちゃうくらいベタ惚れになってるんだもん。比べる必要なんかないと思う」

「そう、かな……」

「うんうん。てか、あたしからしたら、ひろが芦原くんみたいなフリョウを好きになったことも意外だからね！　元カノさんが『意外』って言ったのは、たぶんあたしのこの感覚と同じ気がする」

……そっか、たしかに。言われてみればそうかもしれない。

わたしが金髪にしたりスカートを短くしたりしても、らしくなくて逆に浮いちゃうかもしれないもんね。

「でも、ひろが芦原くんのためにかわいくなりたいとか、気持ちを伝えたいって思うのはすっごく素敵だと思う！　応援するし協力するよ！」

「ありがとう千花ちゃん。……わたし、がんばりたい」

「うんうん！　はあもう、かわいいなぁひろ。芦原くんが羨ましい〜！」

よしよし、と千花ちゃんが頭を撫でて、それからぎゅーっと抱きしめられる。

「よし！　いっぱい伝授しちゃうぞ！」

千花ちゃんは頼れるお姉ちゃん。

今日もやっぱり大好きだ。

その日の放課後のこと。

「うー……さむ。ひろ大丈夫？」

「……あ、うん。大丈夫」

「そか。早くあったかくなってほしいよなぁ」

いつものように教室に迎えに来てくれた芦原くんと学校を出て、ふたりで肩を並べて帰路につく。

手をこすり合わせて温める芦原くんを見つめながら、わたしはやけにそわそわしていた。

『狙うのは不意打ちとギャップ萌え！』

『それって、たとえば……？』
『芦原くんからされるのを待つんじゃなくて、ひろからもっと積極的に手をつないだり、キスしたりさ、甘えたりするってこと！　芦原くん、ぜったいうれしいと思うよぉ』
　お昼に、千花ちゃんが提案してくれたことが頭をよぎる。
　千花ちゃんによると、わたしは少し受け身すぎるみたい。
　たしかに、手をつなぐのもキスをするのも、だいたい芦原くんから行動に起こすことのほうが圧倒的に多い。
　自分から触れるのはどうしても緊張しちゃうんだもん。
　だからいつも芦原くんに任せてきていたんだけど……やっぱり、いつまでもこのままじゃだめだよね。
『まずは手からかな。今日はひろからつないでみよ！』
『うぅ、が、がんばる……』
　わたしから手をつなぐ。
　いつ？　どのタイミングで？
　芦原くんは、いつもどんなふうにつないでくれていたっけ？
「ひろ？　おーい？」
「へっ、あ！　ごめんなさいっ」
　芦原くんの声にハッとする。
　手をつなぐことばかり意識していたせいで、芦原くんの話を全然聞いていなかった。
　バカ、何やってるんだ、わたしは。
「考え事？」
「えっ！　いやっ」

「それとも、何かしようとしてた？」
そう言って、芦原くんの手が重なった。
あまりにもスマートで、感心すらしてしまう。
視線を合わせると、芦原くんは口角を上げていた。
も、もしかして――
「ずっと俺の手元を見てるから、つなぎたいのかと思ったんだけど。合ってる？」
……やっぱり、全部お見通し。
「うぅ……、合ってます……」
「ふ。そっか、かわいい」
「……、くやしい」
「うはは、なんでだよ。てか、つなぎたかったのは俺も一緒な」
ぎゅーっと力を込められる。
芦原くんはいつだって一枚上手だ。
……わたしももっと勉強しよう。
それで、芦原くんを一泡吹かせてやるんだから。

――と、心に決めてから早１週間。
学校ではクラスが違うからなかなかふたりきりになれないし、帰り道にふたりきりになっても、どうしても緊張してモタモタしているうちに芦原くんに先を越されてばっかり。
挙句の果てに、最近じゃ芦原くんにかわいく甘える方法ばっかり意識していたせいで、

「ひろ、いい？」
「っ、だ、だめっ」
　芦原くんにキスされそうになるとびっくりしてしまって、反射的に断るようになってしまった。
「……そっか。わかった、ごめんなびっくりさせて」
「あ、えっと……」
「今日はやめとこっか」
　違うの。本当はもっと触れたいし、キスしたいよ。
　だけど受け身な自分じゃ、いつか芦原くんに愛想をつかれてしまうかもしれないから、もっとわたしががんばりたいのに。
「ご、ごめんなさい……」
「いーよ、気にすんな」
　どうしてわたし、こんなにへたくそなんだろう。

初めての独占欲

【玲於side】
「ひろが触らせてくれないんだけど……」
「はっ。何それ惚気？」
「どこがだよ……」
　日曜日。テーブルにうなだれる俺の頭を、茜が「よしよし」なんて言いながら雑に撫でる。
　こいつ……俺のこと弟か何かだと思ってるだろ。
「やめろバカ」
　ぱしっと茜の手を振り払うと、「せっかく慰めてあげてたのに」なんて言われる。
　求めてねーよ、おまえからの慰めは。
　体を起こし、くしゃくしゃと髪を掻く。
「なに。二瀬に甘えすぎて引かれたの？」
「……やっぱべたべたしすぎてた？　俺」
「いや、わかんないけど。でもまあ、オーラは出てるよね。二瀬のこと大好きオーラ」
「うわ、やばすぎ俺」
「二瀬といる時のヨユーはどこに行ったんだか」
　そんなん、かっこつけたくて必死になってるだけだし。
　「うあー……」と情けない声を上げると、茜は楽しそうに笑っていた。
　まじ性悪（しょうわる）、こいつ。

最近、ひろはちょっとヘンだ。

ひろが俺からのスキンシップを断るようになった。

手をつなごうとしたらびっくりされたり、キスしようとしたらだめって言われたり。

こんなこと、今までなかったのに。

ひろは恥ずかしがり屋だけど、俺が求めると必死に応えてくれるのだ。たぶん無意識なんだろうけど、俺の服を掴んでもの欲しそうな顔をしたりする。

そんなところも含めて俺は好きだったりするわけで。

俺、なんかしたんだっけ。

普段はひろのペースに合わせているつもりだけど、あまりにも彼女がかわいくて、ときどきやりすぎちゃうこともあるから、それがだめだったとか？

でもべつにイヤがってるようには見えなかったし……いやいや、これも俺がそう思ってるだけだったら？

「なんか、玲於もちゃんと男で安心してる」

「なんだそれ」

「二瀬と付き合う前は、そんなの言ったことなかったじゃん。悩むこともなければ触りたいとも思わなかったんだろ。いつもめんどくさそうにしてたし」

茜の言うとおりだ。昔は“なんとなくで”付き合ってばっかりだったから、会いたいも触れたいも思ったことがなかった。

ひろを好きになってからだ。ひとりの女の子を好きになることがこんなに悩むもんだと知ったのは。

好きだから会いたい。誰にもとられたくない。独り占めしたい。

こんなに独占欲が強いこと、ひろに出会わなかったら知らなかった。

「二瀬、ほかにいいやつできてたりしてな」

「冗談でもやめろバカ」

茜の悪い癖。昔からの付き合いだからわかるけど、茜は面白がってすぐそういうこと言うんだよな。

まさか、そんなはずはない。スキンシップ以外は今までどおりで、帰りは一緒だし、連絡も取り合っている。ほかの男の影があるようには見えなかった。

「まあ、二瀬に限ってそれはないとは思うけど。でも、取られたくないものはちゃんと捕まえておかないとじゃん」

「わぁってるー……」

「二瀬、もともと一部から結構人気みたいだし」

「んあー……まあ、かわいいからなひろは。あげないけど。俺のだし」

「惚気ろとは言ってねーんだよな」

ひろは俺の彼女だから。

俺だけが知ってる表情も、かわいいところも、ぜったい誰にも見せたくない。

早くひろと話をしよう。

これ以上は、俺が耐えらんないから。

芦原くんは甘すぎる

「二瀬、ちょっといい？」
　朝。ホームルームが始まる数分前、教室の扉からひょっこり顔を出したのは吉良くんだった。
　その隣に芦原くんの姿はなくて、吉良くんが教室に来たのは芦原くんが関係しているんだろうなということはすぐにわかった。
「ごめん、ちょっと行ってくるね」
「はぁい。進めてるねー」
　１時間目は数学で、千花ちゃんと七海と一緒に課題の答え合わせをしていたわたしは、ふたりにそう声をかけて席を立った。

「あ、えっと、おはようございます」
「はよ」
　ふぁ……と欠伸をした吉良くん。遅刻しなかった代わりに眠気がついてきちゃったんだろうなぁ。
「玲於から連絡来てる？」
「え？　いや、何も……」
「やっぱりか」
　朝が弱い芦原くん。眠気でそれどころではないみたいで、朝に連絡を取り合うことはあまりなかった。
　吉良くんに言われてすぐにスマホを確認したけれど、

やっぱり通知はない。
　やっぱりって、どういう意味だろう。
「玲於、今日熱出してるから休み」
「……えっ！」
「朝、電話来た。昨日の夜会った時からしんどそうだったから、休みは予想してたんだけどさ。たぶん、二瀬には心配かけないように言わなそうな気がして、お節介しに来た」
　わたしの質問に答えるようなタイミングで吉良くんが口を開いた。
　昨日、一緒に帰った時は元気そうに見えたけど——……と考えたところで、わたしはハッとした。
　本当に芦原くんは元気そうだったかな。
　話す時、ちょっと咳き込んでなかったっけ？
　もっと積極的になることばっかり考えていたら逆に意識しすぎてしまって、芦原くんとはぎこちなくなっていたままで。
　最後に手をつないだのも、キスをしたのも１週間以上前のこと。
　わたしがヘンな態度ばっかりとっていたから、芦原くんに気を使わせてしまっていたんだ。
　早くどうにかしないと……って思いながらもどうにもできなくて、時間だけがたってしまった。
　……昨日、本当は具合が悪かったんじゃないのかな。
　芦原くんの体温に変化があったこと、触れ合っていたらもっとちゃんと気づけていたような気もする。

自分のことばっかりで、芦原くんと目を合わせることすらちゃんとできなくなっていた。

わたしのバカ。何やってるんだ、本当に。

「二瀬」

落ち込んで俯きがちになっていたところでふと名前を呼ばれて、顔を上げる。

「これ、玲於には言わないでほしいんだけどさぁ」

「え？」

「玲於、口を開けばおまえのことばっかだよ。二瀬が離れていかないように必死。二瀬の前じゃ余裕そうにしてるけど」

「え、えっと……吉良くんっ」

「二瀬がなんで悩んでるかは、おれは知らない。でも、思ってることって、口に出さないと大半は伝わんないからね」

吉良くんはそう言うと、「余計なお世話かもだけどね」と、つけ足した。

芦原くんはいつも余裕そうで、自慢の彼氏で、わたしにはもったいないくらいで。だから早くもっと釣り合うようになりたかった。

芦原くんが、わたしと付き合っていることを後悔しないくらい、素敵な人になりたかった。

そんなまわりの目よりも、ずっとずっと大切にしなくちゃいけなかったこと。

芦原くんがわたしを好きで、わたしも芦原くんが好きで。

わたしたちにはわたしたちのペースがあるんだもん。

ほかの誰と張り合ったって、なんの意味もないんだ。

不安にさせてるんじゃ——彼女失格だ。

「……吉良くん。あのね、わたし……自分のことばっかりで——」

「うん？」

「芦原くんに釣り合いたくて、……もっと自分からがんばらなくちゃって」

「うん。あのさ二瀬、それはおれじゃなくて玲於に言わないとだめだよ」

吉良くんは、悔しいくらい、わたしより芦原くんのことを知っている。

幼馴染で、家も隣同士。過ごした時間は、わたしなんか比にならない。だからきっと、言わなくてもわかることがたくさんあるんだと思う。

だけどわたしは、まだ、知らないことばっかりだから。

「……吉良くん、教えてくれてありがとう」

「玲於には内緒な。おれが怒られるから」

ちゃんと言葉にして、きみに直接届けなくちゃ。

「あの……、あとひとつ確認したい、のですが」

「うん」

「……学校をサボって抜け出したら退学になる、のでしょうか……」

「いやならねーよ。なってたら、おれと玲於は1年の段階で退学してる」

「そ、そっか」

「……くくっ。二瀬ってやっぱちょっとヘンだよね」
「え、ど、どこが……」
「まあいいや。じゃ、玲於のことよろしくね」
　吉良くんはそう言うと、教室に戻っていった。

　自分の意思で学校を抜け出したのは、初めてのことだった。
　芦原くんに半ば強制的に保健室に連れていかれたことはあるけれど、あの時は千花ちゃんがうまいこと誤魔化してくれたし、前後の授業はちゃんと参加していた。
　だけど、今日はもう学校に戻る気はない。
　千花ちゃんと七海には詳しい事情を説明する暇もないまま、先生が来る前に慌てて荷物を持って教室を出た。
　千花ちゃんには『がんば！』と、もはや恒例（こうれい）になりつつあるエールを送られたから、なんとなく察しているような気がする。あとで連絡しておこう……。

「二瀬、芦原のところに行った感じなの？」
「そうっぽい！　これからきっとロマンが始まる」
「わかんねー日本語使うな」
「ひろ、最近結構悩んでたから心配だったんだけど、なんか大丈夫そうで安心したぁ」
「え。二瀬悩んでた？　あーでも、言われてみれば落ち込んでたような気もする」
「ひろの変化に気づくの得意じゃなかったの、七海って」

「得意って言ったことねーよ、もともと……」
「えー嘘だぁ」
「つか、それで言ったら永野も最近テンション低くね？」
「え？」
「なんかあったのかよ？」
「え、いやー……最近ちょっと太ったなーって思って、お菓子やめなきゃなー、でもやめたくないなー……って悩んではいた」
「なんだ、そんなことか」
「ちょ、そんなことって何！　せっかく七海の意識があたしに向いてきたかと思ってたのに、今ので減点だから！」
「はあ!?　知らねーよ！」
「はい、席ついて。欠席確認しますよー、あら？　二瀬さん、今すれ違った気がするんだけど……」
「「二瀬さんは具合が悪くてたった今帰りました！」」
「あ、ああ、そうなのね……？」
　もちろん、わたしがいなくなった教室で七海と千花ちゃんがそんなやりとりをしながらなんとか先生を誤魔化してくれていたことなんて、わたしは知る由(よし)もないのだけど。

　――それで、今。
　見慣れた玄関ドアの前。震える指でわたしはインターフォンを押した。
　予想どおり返事はなく、少し前に、『ひろならいつでも来ていいよ』と芦原くんに直接教えてもらった暗唱番号を入力してオートロックを解除する。
　来る前に連絡はしたけれど、返事はなし。
　たぶん、熱がしんどくて寝ているんだと思う。
「お、お邪魔します……」
　小さく挨拶をして、家の中に入る。
　緊張はおさまらない。心臓の音がうるさかった。
　誰もいないリビングを抜けて、芦原くんの部屋に向かう。
　連絡しているとはいえ、返信が来ていない状態だから、彼は当然わたしがここにいることは知らないわけで。
　なんだかちょっとだけ、悪いことをしている気持ち。
　驚かせたいわけではないけれど、必然的にそうなってしまうから申し訳ないな……と思いながら静かに部屋のドアを開けると、すぐにベッドで眠る芦原くんの姿をとらえた。
　いつも少しだけワックスで遊ばれている金色の髪の毛だけど、今日はノーセット。
　髪型が違うだけで雰囲気は全然違うから、ついドキドキしてしまう。
　頬は赤く染まっていて、体温が高くなっていることが見て取れた。近づいて、そっと額に手を伸ばす。
「わ、熱い……」
　薬は飲んだのかな。
　ここに来る前に薬局で買ってきた冷却（れいきゃく）シートを取り出し、前髪を避けて額に貼りつける。冷たさのせいか、芦原くんはぴく……と体を揺らした。
「……ん」

「……あ、ごめんなさい、起こしちゃった……？」
「……は……、え、ひろ……？」
ごしごしと目を擦り、それから瞬きを数回。
状況が読み取れないようで、数秒わたしを見つめたまま固まっていた。
「吉良くんから、熱出してるって聞いたから……来てしまいました」
「え、……待って、わかんねえ」
「昨日から具合が悪かったの、気づけなくてごめんね……。ゼリーとかあるけど、食べますか」
「いや……」
「じゃあ、冷蔵庫に入れとくね」
一度部屋を出て、ゼリーやスポーツドリンク、フルーツなどを冷蔵庫にしまう。緊張を落ちつかせるように深呼吸をして、再び部屋に戻った。
すると、芦原くんがおもむろに体を起こそうとしていた。
「えっ、だめ芦原くん！　大人しくしてないと！」
慌てて駆け寄り、寝かせようと芦原くんに触れると。
「ひろごめん……」
「え？　……っわ」
わたしの体に体重を預けるようにして、肩に頭を置かれた。背中に回った腕が、力なくわたしを抱きしめる。
「ちょっとだけ、だから――」
許して。耳元でそうささやかれ、どくん……と心臓が脈を打つ。

最初に言われた『ごめん』はきっと、わたしが最近芦原くんから触れられることを断り続けて来たことに対しての遠慮だ。

こんな時でも芦原くんはわたしのことを一番に考えてくれているのだと、それがわかって泣きそうになる。

「……芦原くん──」

「……」

「……ちょっとじゃなくていいよ。いっぱい、甘えて」

同じように手を回し、芦原くんより強く抱きしめ返す。ふわふわの金髪をそっと撫でると、「うあー、……なんか泣きそう」と小さく声がこぼれたのを聞いた。

「……好き、ひろ」

「、っ」

「……会いたいって思ってた、から。強めの幻覚かと思った」

熱のせいとはいえ、こんなふうに弱っている芦原くんを見るのは初めてだから、なんだかすごく新鮮だ。

……かわいい。すごくすごく愛おしくて──触れたい。

そう、思ったから。

「玲於くん……」

「え」

体を離して、芦原くんの頬にちゅ、と口づける。

体温が上がっているおかげで、唇を伝う温度も熱かった。

「は……、え、な……何、ひろ──」

面食らった顔がなんだかおかしくて、くすくすと笑いがこぼれる。わたしだって、芦原くんを笑えないくらい真っ赤な顔をしているはずなのに、ヘンなの。
「……わたしも、大好き。玲於くん」
「ちょ、待って……、やっぱ幻覚？」
「ち、違うよっ」
「待って、やばいおかしくなりそう、都合いい夢みてんのかな」
　わたしからキスをしたことが信じられないのか、芦原くんはブンブンと頭を振って目を覚まそうとしている。
　具合が悪いのにそんなことしちゃだめだよ！と言ったら、
「っひろがキスしてくるからだろ！」
　真っ赤な顔で言い返された。
　視線が交わる。胸が高鳴って止まらない。
「まじで最近、嫌われたのかと思ってこわかった」
「……そんなわけないもん」
「キスは断るし手もつないでくれないし、俺の話も聞いてないし」
「それ、は、理由が……」
「ん。……全部、あとで教えて」
「……う」
　ん。言いきる前に、触れるだけのキスを落とされる。
　『あとで』という言葉に含まれる意味がわかってしまったような気がして、唇が離れてすぐに恥ずかしくて目を逸らした。
　自分から行動したとはいえ、やっぱり最終的に主導権を握るのはわたしじゃなくて。

ドキドキして、好きすぎて、死んじゃいそう。

「え……っと、芦原くんっ――」

「名前」

「れ……玲於くん、あの、……熱は」

「寝たら治るからいいよ」

「じゃあ寝て――っ」

なんて、そんなの今さら通用するはずも、ない。

「今さらそんなの無理でしょ」

この人ホントに病人？と疑ってしまうくらいには、すっかりいつもの芦原くんの面影が戻っていて、わたしの体はあっという間にベッドの上に押し倒されていた。

「我慢しようって決めてたのに、ひろのせいで狂った」

「っん、うぅ」

噛みつくようなキスに、一瞬で思考は奪われる。

芦原くんの熱のせいも相まって、触れたところ全部が熱かった。

「っはぁ……っう」

「あー……かわいい、ひろ」

「うぅ……っ、玲於くん、好き」

「ふ。うん、俺も」

好きだよ。大好きだからね。

無理して似合わないことをして、不安にさせるのはもうやめよう。

ありのままのわたしでも、芦原くんが「かわいい」「好きだよ」って言ってくれるなら、もう十分だから。

「……っ、もっとちょうだい」

「……それは反則」

いつだって一枚上手の芦原くん。熱で弱って甘えたになるところも、ときどき見せる照れた顔も、全部、わたしだけが知っている。

──その後、無事に誤解は解くことができて、『最初から、俺はひろしか見えてないんだからがんばらなくていいんだよ』と、甘やかしてもらった。

だからわたしも『余裕ない芦原くんも好きだよ』って恥を忍んで言ったら、『かっこつけづらくなるから言わないで』と、芦原くんはすごく恥ずかしそうにしていた。

そして迎えた翌日。

昨日、『寝たら治る』っていう芦原くんの発言は本当で、すっかり元気になっていたから、男の子の治癒力の高さに驚いたのは言うまでもない。

それはそれは元気すぎて驚くほど。

「ひろ、キスしてもいい？　いいよー」

「っちょ、まだいいって言ってな……んんっ──」

「いいよって顔が言ってた」

「えぇ……どんな顔……」

そんなこんなで、今まで以上に糖度と自由度が増した芦原くんに、わたしは今日も今日とて振り回されているわけなのです。

わがままでずるいふたり

「見てひろ！　また同じクラス！」
「えっホントだ！　やったぁ、千花ちゃんと一緒なのうれしい」
「あたしもだよ～！　芦原くんも吉良くんも一緒だし、安心だね」
「えへ、うん」
「高校生最後だから、先生も汲み取ってくれたのかな？　カップルで同じクラスなの結構多いよね」
「え、ど、どうなんだろう……、そうなのかな」
「あたしはひろと同じクラスだからもう満足だけど！」
「あ、見て千花ちゃん、七海も一緒だよ」
「えー、またぁ？」
「おい、なんだよその不服そうな声は」
　手を取り合って喜ぶわたしたちの後ろから、拗ねたような声が降ってくる。
　振り向くと、眉間にシワを寄せた七海がわたしたちを見おろしていた。
「七海おはよう。３年間一緒、すごいね！」
「はよ。……いやホント、中学から通したら６年。腐れ縁にもほどがあんだろ」
「とか言って、あたしらと一緒なのうれしいくせに」
「言ってねーんだよなぁ、一言も」

春、新学期。無事進級することができたわたしたちは、3年生になった。

昇降口に大きく貼られたクラス分け表。千花ちゃんも芦原くんも吉良くんも七海も、みんな同じクラスで、朝から幸せな気持ちだ。

高校生活最後の年にひとりぼっちになっちゃったらどうしようって不安になっていたから、ホントのホントによかった。

相変わらずな千花ちゃんと七海のやりとりを見ながら、そんなことを思う。

「みんな同じクラスじゃん。やり～」

「っわ、」

すると、不意にズンッと肩に重みを感じた。後ろから抱きしめるような形で、頭の上に顎を乗せられる。

振り返らなくてもわかる。

こんなことをする人物なんて、ひとりしかいないから。

「おはよ、ひろ」

「おはよじゃなくて、芦原くん重い……っ」

「んー？」

聞こえてるくせに、聞こえてないふり。

指先でわたしの髪の毛をいじり始めたから、「こら！」って、芦原くんの手の甲をぺしぺし叩く。

芦原くんが人目をはばからず触れてくるのはいつものこととはいえ、まだまだ恥ずかしさには耐えないわけで。

「っち、千花ちゃん助けて！」

「うはは、逃げられた」

芦原くんの腕の隙間を抜けて、千花ちゃんの後ろに避難する。

「残念。ひろの純情はあたしが守りますぞ、芦原くん」

「うわー、手強い」

千花ちゃんとそんなやりとりをする芦原くん。

ギロ……と睨んでみるものの、たぶん効果はなし。

ホント、新学期早々心臓に悪い……！

「つか、もうそろそろ本鈴鳴る。さっさと教室行こうぜ」

「あ、そだね！　みんな同じ教室、なんか新鮮！」

「そういえば吉良は？」

「寝坊」

「またかよ」

そんなたわいない会話をしながら、わたしたちは教室に向かった。

３年生もみんな一緒なら、平和で穏やかな毎日を過ごせそう。

……なんて思っていた、わけなんだけど。

「ひろ先輩ホントかわいい！　おれとも付き合ってほしいっす！」

「だめ無理、触んな。ひろは俺のだから」

「冗談っすよ玲於先輩！　同じ金髪だし仲良くしましょうよ」

「髪色でおまえと同じにくくられるなら、俺は今すぐ違う色にする」

「えー！　じゃあおれも真似していっすか!?」
「やだよやめろ、なんなのおまえ……」
「玲於先輩のこと、めちゃくちゃリスペクトしてるんですって！」
　芦原くん、どうやら金髪の新入生くんに好かれた模様です。

　こうなった経緯は、新学期が始まって１週間がたった時のこと。
『髪染めようかなぁ俺。何色がいいと思う？』
『芦原くんはなんでも似合いそう……赤とかでも』
『うは、赤いいな。あーでも、さすがにイカツイ？　派手なの、やっぱテンション上がるしいいよなー』
　放課後、いつものように一緒に下校をしていたわたしと芦原くん。
　芦原くんは２年貫いてきた金髪に最近飽きてきたようで、髪色を変えることを考えているみたいだ。
　お世辞じゃなくて、本当に芦原くんは何色でも似合いそう！
　そもそも、現状の金髪がこんなに似合うこと自体すごいわけで。
　アッシュ系で大人っぽくしても、暖色系でエネルギッシュにしてもきっと魅力的なんだろうなぁ。
　もちろん、黒髪も。
　個人的に見てみたいのは黒だけど、芦原くんが好きなようにするのが一番いいから、敢えてそれは言わないでおいた。
『ひろは染めないの？』
『うーん……わたしはたぶんに合わないから……』
『そんなことはないと思うけど。でもひろが突然金に染めたりしてたらさすがにビビるかもしんない』
「ふふ。しないから大丈夫だよ』
　手をつないで帰る道のりは、いつだって楽しくて居心地が良い。
　ときどき横顔を盗み見ると、芦原くんもわたしを見ていたみたいで目が合って。ふはっ、とうれしそうに八重歯を見せて笑う顔がかわいくて、大好きなんだ。
　やっぱりわたし、今日も芦原くんのこと大好きだなぁ。
『すっげえ！　かっけー金髪だ!?』
　そんな声がかけられたのは、本当に唐突だった。
『え？』
『金髪のかっけー先輩がいるって噂、ホントだったんすね！やベー、こんなに早く会えてめっちゃうれしい！』
　正面から走って、わたしたちのもとにやってきた男の子。
　わたしたちと同じ制服を着ていて、きらきらした瞳はまっすぐ芦原くんに向いていた。おまけに髪の毛も金色に輝いている。
『アシハラレオ先輩っすよね!?』
『そうだけど……いや誰？』
『三科（みしな）です！　三科遥翔（はると）！　１年です！　マジでおれ、会いたかったんです！』

　新入生の三科くん。純粋な子だということは十分わかったけれど、勢いがすごいや。さすがの芦原くんも呆気に取られているみたい。

『クラスの女子が話してたんすよ。そんでおれも、話聞いてたらレオ先輩みたいになりてえ〜って！　探してました！』

　入学して１週間しかたっていない新入生に存在が知られているって……わかっていたけど、やっぱり芦原くんってすごく有名人だなぁ……ってふたりのやりとりを聞きながら感心する。

『いやー……なりたくてこうなったわけでもないし、生徒会に監視つけられたりするしいいことないよ』

『あ、違うっすよ！　そっちじゃなくて！』

『え？』

『“ソコウフリョウの問題児だったけど実は頭良くて運動もできてめちゃくちゃモテるけど彼女に一途でべた惚れなところとか理想すぎる“って！』

　予想外の答えだったのか、芦原くんが唖然としている。

　高嶺の問題児。最近はそのワードすら懐かしいと感じてしまうほど芦原くんは寝坊も遅刻も減って、授業にもちゃんと出席するようになった。

　２年生最後の試験じゃ学年順位が七海といい勝負だったようで、『芦原くんがハイスペックすぎる』と女子たちの間ではまた新たなファン層を獲得していた。

ちなみにこれは、全部千花ちゃんから聞いた話だ。

だけどたしかに、有名になるのも無理はない。

これまでは遅刻サボリ校則違反の常習犯で、よくない噂がでっちあげられちゃうような問題児だった芦原くんが、じつは勉強も運動もできるハイスペックイケメンだったなんて、そりゃあ、たしかに話題になるに決まってるもん。

て、いうか。

『で、こちらが噂の彼女さんっすよね！』

『えっ、えっと……』

『まーーじで、かわいいっす。色白だし清楚な感じも男ならみんな好きな感じする。この見た目で彼氏が金髪ってのも少女漫画してて超いいな、一生眺めていられる。レオ先輩がゾッコンになっちゃうのもわかるっていうか！』

今の発言の半分以上、なに言ってるかわからなかったけど、わたしまで噂になっているのは少し恥ずかしい……。

まじまじと顔を見つめられ、視線のやり場に困る。

かわいいかわいいって褒められて、お世辞だとわかっていても、なんて返すのが正解がわからないし……。

『だめ、おまえ近い。離れて』

『んぎゃ！』

隣から芦原くんの手が伸びてきて、三科くんの顔面をグイッと押しのけた。心なしか声が少しだけ不機嫌。

『おまえ、名前なんだっけ？』

『三科遥翔です！』

『おっけー鈴木（すずき）くん、ひろの半径３メートル以内に立ち入り禁止』

『うわぁレオ先輩、おれの名前覚える気ないっすね!? でも、そんなところもかっけえ!』

『はあ……? 鈴木くん怖いんだけど』

『鈴木じゃなくて三科遥翔です!』

恐るべし、三科くん。何を言っても『かっこいい』で返ってくるから、芦原くんもため息をつくしかできなくなっている。

もともとわたしは異性の知り合いが多いわけではないけれど、こんなに素直で直球タイプの男の子は初めて出会った。

芦原くんと本当に仲良くなりたいんだなぁって、わたしにまで伝わってくる。

『つーか、ひろ先輩って言うんすね? 漢字どう書くんですか?』

『へ? あ、漢字じゃなくてひらがなで……』

『へえ! かわいい! 何がなのかは説明できないけど、かわいい!』

『え、あ、どうも……?』

『こら、ひろ。仲良くなんないで』

三科くんから距離をとるように芦原くんのほうに抱き寄せられて、ドキ……と心臓が鳴る。

『そういうのじゃないから大丈夫だよ』

『俺が大丈夫じゃない……』

むっと口を尖らせる芦原くん。

不安にさせてごめんね、の意味を込めてつないでいた手をぎゅっと握りしめる。

芦原くんの拗ねた表情を久々に見れたのはうれしいけれど、不安にさせたいわけじゃないから……ここは彼女としてしっかりしないと。

『あの、三科くん』

『あ、大丈夫っすよ。レオ先輩！』

するとわたしの言葉を遮るように三科くんが口を開いた。

『たしかに、ひろ先輩は彼女にしたいくらいかわいいし油断したら好きになっちゃうかもですけど、レオ先輩の彼女に手出すとかぜったいないんで！　安心してください！』

『いやそれ、何も安心できないんだけど』

『えっ!?　おれ、なんか言い方間違えました!?』

『全部間違ってるんだよな、うん』

芦原くんリスペクトの後輩、三科くん。

純粋なのはいいことだけど……さすがにちょっと正直すぎる、かもしれない。

『そんなわけで、仲良くしてください！』

『何もいいって言ってないんだけど……？』

新学期早々、波乱の予感です。

「ひろ先輩！　レオ先輩借りてもいいっすか!?」

「あっ、う、うん」

「ちょ、バカ引っ張んな三科」

「ひろ先輩のオッケーももらったんで、一緒に昼飯食いましょ！　茜さんも来てくれますよね!?」
「まあ、玲於が行くならおれも行くよね」
「俺、行くって言ってないし……もー、ごめんひろ、行ってくる」
「……あっ、うん！」
　三科くんと強烈な出会いを遂げた日から早１週間。
　直球で純粋で、芦原くんリスペクトな三科くんは、この７日間、毎日のようにわたしたちの教室を訪れては、こんな感じで芦原くんをお昼や下校に誘っていた。
　三科くんは入学早々、芦原くんに物怖じせず絡んでいたことで『高嶺の問題児を振り回している１年の問題児』としてすでに有名になりつつあった。
「今日も三科くんに取られちゃったかぁ」
　芦原くんと吉良くんがいなくなった教室。
「あっ」と「うん」しか言えず取り残されたわたしの頭を、千花ちゃんが慰めるように優しく撫でてくれた。
「行かないでって言えば、芦原のことだし戻ってくんじゃねーの？」
「うわ、それ七海が言う？　天邪鬼代表のくせに」
「うるせーよ！　いいだろべつに！」
　お昼を持ってわたしの机にやってきた千花ちゃんと七海が、またいつものやりとりを始める。
　もともと芦原くんとは、お昼を毎日一緒に食べていたわけじゃない。帰りだって、付き合い始めてから一緒の頻度は増えたものの、お互い用事があったら別々に帰る日もある。

だから三科くんが芦原くんを連れていくこと自体、気にしていたわけではないけれど……１週間も続くと、やっぱりちょっと寂しかったりもするわけで。

七海の言うとおり、芦原くんはきっとわたしが「行かないで」と言ったら、行かないってこともわかってる。

だからこそ、申し訳ないんだ。

せっかく三科くんと仲良くなっているところにわたしが入ったら、邪魔することになっちゃうし……。

「つーか、普通に芦原は二瀬が我慢してるほうがイヤだと思うけどね」

七海の言葉に「え」と声をこぼす。

「それあたしも思った！　大丈夫だよ、ひろ。いっぱい甘えても、むしろ芦原くんは喜ぶ！」

「あいつ、そういうとこあるよな」

「ね。てか七海、芦原くんとすっかり仲良くなってない？」

「なってねーわ。嫌いだわ、今も」

「でも、この間、芦原くんと吉良と３人でラーメン食べに行ったらしいじゃん」

「は……、なんで知ってんの」

「吉良から聞いたぁ」

「……」

「やー、いいね！　仲良しじゃん！」

千花ちゃんと七海がそんな会話を続ける横で、わたしはひとり、ふたりに言われたことを考える。

三科くんのことは嫌いじゃないし、むしろ、素直でかわいい子だなって思う。芦原くんも、めんどくさそうにはしていても心からイヤだって思っているわけではないみたいだから、これからもっとたくさん距離を縮めていくんだろうな。

だけど、ちょっとだけ。

芦原くんを三科くんに取られたみたいで、寂しい。

我慢しているわけじゃないの。

これはわたしのわがままで、独占欲だもん。

「てかひろ、三科くんにまた先越されちゃうかもだから、帰りとか言っておいたほうがいいかもだね！『今日はわたしと帰ろ』って」

「……そうだよね。そうする」

「うんうん、そうしな！　いっぱいわがまま言っていいんだよぉ！　芦原くん、心の中じゃ『ひろかわいい』しかないんだろうし！」

「そ……んなことはないと思うよ……」

「いや、あるよね七海！」

「あるな」

「ええ……？」

千花ちゃんと七海は、いつもいっぱい勇気をくれる。

ふたりに背中を押してもらうと、踏み出してみようって気持ちになれるんだ。

芦原くん、あのね、本当はね。

……もっと、ふたりになりたいの。

そろそろ、充電が切れそうだよ。

「あ、芦原くんっ」

放課後。ホームルームが終わってすぐ、眠そうに欠伸をする芦原くんのもとに向かう。

「ひろ、どした？」

一緒に帰る時は、だいたい芦原くんからメッセージが送られてきたり、直接声をかけてもらうことが多かったからか、わたしから声をかけたことに驚いているみたいだ。

「えっと、あの」

「うん？」

緊張して、おかしくなりそう。

一緒に帰ろうって誘うだけ。だめでも、落ち込むことじゃない。

……よし。大丈夫、わたし。

「きょ、今日の帰り……」

「玲於せんぱーい！　茜さんも！」

ようやく口を開いた時、教室の後方から元気な声が芦原くんを呼んだ。

続けて「失礼しますっ」と言いながらぱたぱたと小走りで教室の中に三科くんが入ってきて、わたしと芦原くんの前で止まる。

「早く行きましょ！　楽しみでダッシュしてきました！」

「行きましょって何。今、ひろと喋ってるから邪魔すんなおまえ」
「ひろ先輩、こんちは！」
「こ、こんにちは……」
　にひっと眩しいほどの笑顔を向けられ、慌てて挨拶を返す。
　早く行きましょう、とか、楽しみ、とか。
　三科くんの言葉は、これから３人でどこかに行く予定があるように聞こえる。
　お昼休みのうちに誘おうと思ったけれど、芦原くんと吉良くんが教室に戻ってきたのは昼休みが終わる時間ギリギリで、話す暇がなかったのだ。
　だからホームルームが終わった今、声をかけたわけなんだけど……タイミングが悪かったかも。
「ごめんひろ、さっきの続き……」
「あっ、えっと……やっぱり大丈夫！」
　すでに約束があるなら断られるだろうし……今日は諦めよう。
「あれ、ひろ先輩、もう話終わったんですか？」
「は？　いや、まだ……」
「うっ、うん！　大丈夫だよ三科くん。用事あるんだよね？どうぞどうぞ、わたしのことは気にせず！」
　とっさに笑みを作り、ふたりにそう告げる。
　視界の端で、千花ちゃんと七海が複雑そうな顔をしているのには、気づかないふりをして。
　しょうがない、しょうがない。

芦原くんとは今日じゃなくても一緒に帰れるもん。
連絡だって取り合えるし、いつでも——。
「だめ、ひろ」
「っ、」
「つーか、そんな顔してるひろのこと、俺がほっとくわけなくない？」
少しだけ強くなった口調に体が震えた。
「三科悪い。俺、今日は行かないから」
「え!?」
「行くなら、茜誘って行きな」
そう言って芦原くんは立ち上がると、わたしの手を掴んだ。
「ひろ、帰ろ」
「え、で、でも、申し訳な……」
「仮にひろがホントに大丈夫だったとしても、俺は全然大丈夫じゃないよ」
……芦原くんのバカ。ずるいよ、なんでそんなこと言うの。全部見透かされているみたいで——泣きそうになる。

「はわわ……レオ先輩まじでかっけえー……」
「ねえ、おれも暇じゃないんだよね。冷静にさ、染めたいならセルフじゃなくて美容院行きなよ。おまえ、その金髪だって店でやったんでしょ」
「そりゃ、最初はちょっとビビるじゃないっすかぁ。茜さんもレオ先輩も最初は自分で染めたって言うし、自分で染めるのうまいんかなって思ったんすよ」

「え、言ってなかったっけ。セルフ染めして失敗したから、次の日ふたりで店に染めに行ったんだよ。玲於とか、あの色セルフで染まってたらヤバいっしょ、逆に」

「え、たしかに……？」

「はい、じゃあそういうことだから、おれもパスでいい？」

「ちょ、ちょ、待って！　玲於先輩と同じ美容院教えてください！」

「本人に聞けよ」

「だって玲於先輩テキトーに答えるんすもん。まじでおれ、玲於先輩みたいになりたいのに！　そしてモテたい！」

「黙ってれば顔はいいのに……そういう発言が残念要素だわ」

「え、褒めてます？」

「いや０から100まで貶してる」

　吉良くんと三科くんのやりとりなど知らずに、学校を出たわたしと芦原くん。

「ごめんな、さっき」

「……え？」

「みんないるところだったし、恥ずかしかったよな。ごめん、つい口走った」

　日にちを数えたらきっとそんなにたっていないのに、ふたりきりになるのはなんだかとても久しぶりな気がした。

　ホントは大丈夫じゃなかったこと、芦原くんにはお見通しだったんだろうか。

　さっき、わたしはどんな顔をしていたんだろう。

　自分じゃわからないから、そんなにわかりやすい顔をしていたのかと思うと、申し訳なさと恥ずかしさでいっぱいになる。

「一緒に帰ろうって、言おうとしてた？」

「っえ……っと、その……」

「うん、よかった。そうだといいなって思ってた」

　ふ、と柔らかな笑みをこぼす芦原くん。

　言っている意味がいまいちよくわからず首をかしげると、芦原くんは言葉を続ける。

「最近、一緒に帰れてなかったし、今日はひろと一緒にって勝手に決めてたんだよ。さっきのは、三科が勝手に話し進めてただけ。買い物に誘われてて、俺はパスって昼のうちに言ってたから。だからホント、気にしなくていいよ」

　聞く前に全部教えてくれて、わたしが抱えていた不安や申し訳なさはだんだん消化されていった。

「ホントに約束してたとしても、さっきみたいな顔したひろのことは放っておけなかったけどな」

「え、ど、どんな顔……」

「行かないでって顔」

　恥ずかしくて俯くと、スッと手が伸びてきて優しく髪の毛をすくった。流れるように頬をかすめた指先に、わたしは思わず足を止める。

　優しい手つき。強く握られた片方の手からは、たしかに芦原くんの温度が伝っている。

　ああ、なんか――

「……好き」

　こぼれ落ちた声に、自分でも驚いた。

「……うは、急にどした？　照れる」

　いつもは恥ずかしくて簡単に言葉に起こせないのに……気持ちがあふれるって、こういうことなんだと実感する。

「……本当は寂しかったの」

「うん？」

「芦原くんのことを取られたみたいで……、三科くんが羨ましかった、です」

　恥ずかしくて顔は上げられなかった。語尾にかけてしぼんでいく声が情けない。

「ひろ、顔上げて」

　俯いたままの視界に芦原くんのスニーカーが映り込み、優しい声が落とされた。釣られるように顔を上げると、うれしそうな、照れくさそうな、いろいろな感情が混ざった表情の芦原くんが正面に立っていた。

「ね。俺も好き」

「……、わがままでごめんなさい」

「うはは、謝ることじゃねーよ。むしろ俺はうれし……、はぇ？」

　ぽんぽん……と頭を撫でられ――思わず抱きついた。

　さすがに想定外だったのか、芦原くんが間抜けな声を洩らしている。

　まわりを人が歩いているかもしれないとか、外だからとか、そんなの気にしていられなかった。今──きみに、触れたいと思ったの。

　人目を気にせずぎゅうっと抱きつくと、芦原くんの手が背中に回ってきて、同じように抱きしめ返してくれた。

『いっぱい甘えても、むしろ芦原くんは喜ぶ！』

『あいつ、そういうところあるよな』

　千花ちゃん、七海。

　あのね、わたしもホントは最初から──。

「……そう言うと思ってた」

「うわぁ、確信犯」

「……怒る？」

「怒るわけない。むしろもっとわがままになっていいよ」

　そう言って、芦原くんは八重歯を覗かせうれしそうに微笑んだ。

「ひろ、今日うち寄ってく？」

「え、っと……、うん」

「ここじゃキスできないしなぁ」

「……」

「つか普通に、俺がまだ帰したくない。だめ？」

　芦原くんはずるい。

　だけど、そんなところも大好きだから。

「……わたしもまだ、玲於くんと一緒にいたい」

「うわ、ここで名前呼びはずるいって」

「玲於くんのほうがずるいよ……」

ちゅ、頬にと触れるだけのキスを落とされる。

ここじゃキスできない、なんて言っていたのに……そういうところが、ずるいんだ。

「あー……ホント、我慢できるかな」

「え？」

「なんでもない」

ぼそりと呟いた声は、わたしには届かない。

それは、甘やかし、甘やかされた日のこと。

ちなみにその２日後、三科くんは金色だった髪を黒に染めてきて、「結局モテるのは黒だって美容師さんが教えてくれました！」と、うれしそうに言っていたのだった。

Fin

あとがき

はじめまして、こんにちは。雨です。

このたびは、数ある書籍の中から『保健室で、モテすぎ問題児くんに甘い噛みあとを付けられました。』をお手に取ってくださり、本当にありがとうございます。

金髪、八重歯、三白眼が特徴の問題児が、優柔不断で真面目な良い子ちゃんを振り回し、振り回されるお話が書きたい！という気持ちからこの作品ができあがりました。

本当は運動も勉強もできて、根は誠実でいい人なのに、噂を否定することすらめんどくさがってしまうほどの楽観的かつ適当主義者だけど、ひろに恋をしたことで、「好きな子のためにちゃんとしよう」と徐々に考え方を変えていくヒーロー。

最初は芦原からの頼みを断れずに流されるだけだったけれど、芦原と関わるうちに彼の中身を知り、恋に落ちていくヒロイン。

正反対だけど、お互いのために変わっていくふたりは、書いていてどんどん愛おしさが増していきました。

好きすぎて涙が出ちゃうのも、好きだからこそうまく言葉にできないのも、恋しているからこそ感じること、すごくかわいくて素敵で、大好きです。

玲於とひろには、これから先もいろんな試練を乗り越えて愛を育んでほしいものですね。

書籍化にあたり、贅沢に番外編をたくさん書かせていただきました。少しでもどこかの仕草や台詞にドキドキ＆キュンキュンしていただけたらうれしいなぁと思っております。

ちなみに作者は、付き合い始めてから呼び方が変わる瞬間が大好きなので、該当シーンはニチャニチャしながら書きました。

そして！　最高かつ最強にかわいく艶やかなカバー＆挿絵は、榎木りか様が描いてくださいました！　ひゃ～！　何度見ても素晴らしすぎて惚けてしまいますよね……!!

玲於の顔面は最強すぎるし、ひろの表情もたまらないです。イラストと合わせて、何度でも楽しんでいただけたらうれしいです。

この作品に出会ってくださった皆様、関わってくださった皆様に、心から感謝申し上げます。本当にありがとうございます。

皆様がどうか、素敵な夜の中にいられますように。

2022年6月25日　雨

作・雨（あめ）

宮城県在住。夏生まれで、飛行機雲と音楽とポチャッコが好き。夜が好きなのに、年々夜更かしが苦手になっていくことが悩み。

絵・榎木りか（えのき　りか）

東京都在住の漫画家。主な作品に「次はさせてね」（シルフコミックス）など。趣味は猫の写真を眺めること。

ファンレターのあて先

〒104-0031

東京都中央区京橋1-3-1

八重洲口大栄ビル7F

スターツ出版（株）書籍編集部 気付

雨 先生

保健室で、モテすぎ問題児くんに甘い噛みあとを付けられました。

2022年6月25日　初版第1刷発行

著　者　雨

発行人　菊地修一

デザイン　カバー　ナルティス（尾関莉子）
フォーマット　黒門ビリー&フラミンゴスタジオ

DTP　朝日メディアインターナショナル株式会社

編　集　中山遥　酒井久美子

発行所　スターツ出版株式会社
〒104-0031 東京都中央区京橋1-3-1　八重洲口大栄ビル7F
出版マーケティンググループ　TEL03-6202-0386
（ご注文等に関するお問い合わせ）
https://starts-pub.jp/

印刷所　共同印刷株式会社

Printed in Japan

ISBN 978-4-8137-1282-4　C0193

読むたび何度でも恋をする…全力恋宣言！
毎月25日はケータイ小説文庫の日♥

心に沁みるピュアラブやキラキラの青春小説、
「野いちご」ならではの胸キュン小説など、注目作が続々登場！

ケータイ小説文庫　2022年6月発売

『本能レベルで愛してる』春田モカ・著

鈍感少女の千帆には、超イケメンでクールな幼なじみ・紫音がいる。とある理由で二人は本能的に惹かれあってしまう体質だと分かり…。ずっと千帆のことが好きだった紫音は、自分たちの関係が強制的に変わってしまうことを恐れ、本気の溺愛開始！　理性と本能の間で揺れ動く刺激的な幼なじみ関係！

ISBN978-4-8137-1280-0
定価：671円（本体610円+税10%）

ピンクレーベル

『魔王子さま、ご執心！②』＊あいら＊・著

魔族のための「聖リシェス学園」に通う、心優しい美少女・鈴蘭は、双子の妹と母に虐げられる日々を送っていたが、次期魔王候補の夜明と出会い、婚約することに⁉　さらに甘々な同居生活がスタートして…⁉　極上イケメンたちも続々登場‼　大人気作家＊あいら＊新シリーズ、注目の第2巻！

ISBN978-4-8137-1281-7
定価：671円（本体610円+税10%）

ピンクレーベル

『保健室で、モテすぎ問題児くんに甘い噛みあとを付けられました。』雨・著

高2の二瀬ひろと、『高嶺の問題児』と呼ばれる同級生のモテ男・玲於は、あることをきっかけに距離を縮めていく。突然キスしてきたり、耳に噛みついてくる玲於に振り回されながらも、惹かれていくひろ。そして玲於も…⁉　恋に奥手な平凡女子vs恋愛経験値高めのイケメンの、恋の行方にドキドキ♡

ISBN978-4-8137-1282-4
定価：671円（本体610円+税10%）

ピンクレーベル

書店店頭にご希望の本がない場合は、
書店にてご注文いただけます。